Editado por HARLEQUIN IBÉRICA, S.A.
Hermosilla, 21
28001 Madrid

I.S.B.N.: 84-671-0517-8
Depósito legal: B-6613-2003
Editor responsable: M. T. Villar
Diseño cubierta: María J. Velasco Juez
Composición: M.T., S.L.
Avda. Filipinas, 48. 28003 Madrid
Fotomecánica: PREIMPRESIÓN 2000
c/. Matilde Hernández, 34. 28019 Madrid
Impresión y encuadernación: LITOGRAFÍA ROSÉS, S.A.
c/. Energía, 11. 08850 Gavá (Barcelona)
Fecha impresion para Argentina:1.9.04
Distribuidor exclusivo para España: LOGISTA
Distribuidores para Argentina: interior, BERTRAN, S.A.C. Vélez
Sársfield, 1950. Cap. Fed./ Buenos Aires y Gran Buenos Aires,
VACCARO SÁNCHEZ y Cía, S.A.
Distribuidor para Chile: DISTRIBUIDORA ALFA, S.A.

Capítulo 1

VESTIDO con ropa de montar, botas de cuero, pantalones de ante, camisa blanca y un gutrah sujeto a su cabello oscuro por un agal negro, el jeque Hassan ben Jalifa al-Qadim entró en su despacho privado y cerró la puerta. Cruzó la habitación y dejó una carta procedente de Inglaterra sobre las otras tres que había en la mesa. Luego, se acercó a la ventana y miró más allá de las extensiones de higueras del oasis de al-Qadim, hacia las dunas que dominaban el horizonte con su presencia majestuosa y amenazante. No importaba lo sofisticados que fueran los métodos de riego. Una tormenta de arena podía arruinar el duro trabajo de muchos años.

Hassan ahogó un suspiró. Conocía bien las leyes del desierto y las respetaba. Respetaba el poder de aquel paisaje, y su derecho a ser él único dueño de su destino. Y, en esos momentos, lo que más deseaba era ensillar a su caballo Zandor, y galopar hacia esas dunas para que le dictaran su futuro.

Pero sabía que era imposible. Las cuatro cartas del escritorio le exigían que tomara sus propias decisiones. Y fuera de aquellas cuatro paredes, esperaban un palacio, su padre, su hermanastro, y un millar de personas que insistían en tomar parte de su destino.

Zandor tendría que esperar. Hassan se volvió y miró las cartas. Solo había abierto la primera, rechazando su contenido nada más leerlo, y le había resultado muy difícil ignorar el resto.

Pero el tiempo de esconder la cabeza en la arena se había acabado.

Un golpe en la puerta llamó su atención. Seguramente sería su fiel ayudante Faysal, un hombre bajito y delgado, que siempre vestía la tradicional túnica azul y blanca.

—Pasa, Faysal —le ordenó en tono impaciente. A veces le resultaba irritante el riguroso cumplimiento que Faysal seguía del protocolo.

La puerta se abrió y Faysal hizo una reverencia, antes de entrar en el despacho y cerrar a su paso. Caminó sobre la lujosa alfombra que cubría el suelo de mármol y se detuvo a un metro del escritorio.

Hassan bajó la vista hacia la alfombra. Estaba allí por orden de Leona, su esposa, quien no sentía predilección alguna por la austeridad decorativa. Además de la alfombra había hecho adornar el despacho con cuadros, cerámica y esculturas, todo ello realizado por los artistas del pequeño estado de Rahman, en el Golfo Pérsico.

Pero en esos momentos Hassan solo podía fijarse en las piezas occidentales que Leona había comprado. Una mesa baja y dos mullidos sillones bajo la ventana, donde ella lo había hecho sentarse varias veces al día a contemplar el paisaje mientras tomaban el té.

Irritado, se quitó el gutrah de la cabeza y se sentó tras el escritorio.

—Está bien —le dijo a Faysal—. ¿De qué se trata?

—No son buenas noticias, señor —dijo su ayudante—.

El jeque Abdul ha reunido a ciertas… facciones en su palacio de verano. Nuestro espía ha confirmado que el tono de las conversaciones reclama su más urgente atención.

–¿Y mi mujer? –preguntó Hassan con el rostro imperturbable.

–La señora sigue en España, señor, trabajando con su padre en el nuevo complejo de San Esteban. Está supervisando el amueblado de las casas de los alrededores.

Era lo que mejor sabía hacer, pensó Hassan, quien de inmediato se imaginó una larga melena sedosa del color del crepúsculo, un rostro de porcelana con unos brillantes ojos verdes y una sonrisa arrebatadora.

«Confía en mí», le solía decir. «Mi trabajo es darle vida a los lugares vacíos».

Vida. La vida se había ido de su despacho cuando ella lo abandonó.

–¿De cuánto tiempo disponemos antes de que hagan su primer movimiento? –le preguntó a Faysal.

–Si me permite decirlo, señor, con el señor Ethan Hayes en la propiedad de su padre, me atrevería a aventurar que la situación es muy grave.

La noticia era nueva para Hassan, por lo que le costó unos segundos asimilarla. Se levantó y se acercó otra vez a la ventana. ¿Acaso su mujer se había vuelto loca, o era que quería suicidarse?

Ethan Hayes. El nombre le hizo apretar los dientes, mientras una punzada de celos y odio lo traspasaba.

–¿Cuánto tiempo lleva el señor Hayes en San Esteban?

Faysal carraspeó, claramente nervioso.

–Siete días.

–¿Y quién más sabe esto? ¿El jeque Abdul?

–Se habló de ello –confirmó Faysal.

–Cancela todas mis citas para el resto del mes –le ordenó Hassan volviendo al escritorio–. Mi yate está anclado en Cádiz. Que lo lleven a San Esteban, y que preparen mi avión para salir enseguida. Quiero que Rafiq venga conmigo.

–Disculpe la pregunta, pero, ¿qué razón debo alegar para la cancelación de todas sus citas?

–Di que necesito unas vacaciones en el Mediterráneo con mi nuevo juguete –respondió Hassan con un ligero tono de burla. Ambos sabían que no iban a ser precisamente unas vacaciones–. Y Faysal… si alguien se atreve a mencionar la palabra adulterio y el nombre de mi esposa en la misma frase, será lo último que mencione. ¿Me has comprendido?

–Sí, señor –dijo su ayudante con una reverencia, y salió del despacho.

Hassan se sentó y miró las cartas con el ceño fruncido. Tomó el sobre que estaba abierto y sacó la hoja. Sin atender al contenido, se fijó en el número de teléfono que aparecía bajo el logo. Entonces miró su reloj y agarró el teléfono. Seguramente el abogado de su mujer estaría en su despacho de Londres a esa hora del día.

La conversación que siguió no fue muy agradable, y menos aún la que mantuvo a continuación con su suegro. Apenas había acabado de hablar con Victor Frayne, cuando llamaron otra vez a la puerta. Rafiq abrió y entró en el despacho.

Iba vestido igual que Faysal, pero Rafiq era un hombre alto e imponente que rara vez se arrastraba ante alguien. Saludó con un leve asentimiento de cabeza, pero Hassan sabía que Rafiq estaría dispuesto a morir por él si fuera necesario.

–Cierra la puerta y dime si aceptarías cometer un pequeño acto de traición –le dijo con voz tranquila.

–¿El jeque Abdul? –preguntó Rafiq esperanzado.

–Por desgracia, no –Hassan esbozó una media sonrisa–. Me refiero a mi encantadora esposa, Leona…

Leona se miró al espejo y se ajustó las tiras de los hombros para ceñir el vestido de seda dorada a su esbelta figura. Pensó que el conjunto, combinado con el collar y los pendientes de diamantes, y el recogido de su pelirroja melena era aceptable, aunque podía haber elegido otro color para disimular la palidez de la piel.

Era demasiado tarde para cambiarse, pensó, y apartó la vista del reflejo. Ethan estaba esperándola en la terraza y, de todas formas, no iba a impresionar a nadie. Su único cometido era asistir a la cena de gala en nombre de su padre, quien había tenido que quedarse en Londres a resolver un asunto urgente con su abogado, y los había dejado, a ella y a su socio, Ethan, como únicos representantes de Hayes–Frayne.

Puso una mueca. Hacía solo una hora que había vuelto de San Esteban, y no le apetecía nada asistir a la convención. Había pasado un día agotador y muy caluroso, en el que además se había estropeado el aire acondicionado de la casa que estaba supervisando. Agarró un chal negro de seda y salió del dormitorio.

Ethan estaba sentado en la barandilla de la terraza. Contemplaba el atardecer con una copa en la mano, pero se volvió al oírla llegar y esbozó una sonrisa de admiración.

–Bellísima –murmuró mientras se erguía.

–Gracias. Tú tampoco estás mal.

Él asintió agradecido. Iba impecablemente vestido con un traje negro de etiqueta, que resaltaba su figura. Era un hombre alto, moreno y atractivo, con unos brillantes ojos grises, una seductora sonrisa y un éxito entre las mujeres que, afortunadamente, no se le había subido a la cabeza.

A Leona también le gustaba. Se sentía cómoda con él. Era el arquitecto de Hayes–Fraynes, capaz de crear, a partir de una hoja en blanco, imponentes rascacielos o fabulosos complejos turísticos como el de San Esteban.

—¿Te apetece una copa? —le sugirió, avanzando hacia el carrito de las bebidas.

—No, si quieres que me mantenga despierta más tarde de las diez —respondió ella.

—¿Tan tarde? —bromeó Ethan. Por lo general, Leona se acostaba a las nueve—. A este paso me acabarás pidiendo que te lleve a bailar a una discoteca.

—¿Vas a discotecas? —le preguntó con curiosidad.

—No, si puedo evitarlo —le quitó el chal y se lo puso por los hombros—. Mis habilidades para el baile se limitan a arrastrar los pies por una habitación, preferiblemente a oscuras, para que mi ego no se vea afectado.

—Eres un embustero —replicó ella con una sonrisa—. Te he visto bailar el swing al menos en dos ocasiones.

—Haces que me acuerde de mi edad —se quejó él—. Lo próximo que me preguntes será cómo era el rock de los sesenta.

—No eres tan viejo.

—Nací a mediados de los sesenta —dijo él—. De una madre muy liberal a quien sí le encantaba bailar.

—Entonces tienes la misma edad que Hass…

Se calló de golpe y su sonrisa se esfumó. También

el rostro de Ethan perdió su expresión jovial, mientras un tenso silencio se cernía sobre ellos.

–No es demasiado tarde para detener esta locura –dijo él con voz amable. Sabía lo doloroso que había sido para ella el último año.

–No quiero hacerlo –respondió ella retrocediendo un paso.

–Tu corazón sí.

–Mi corazón no es quien toma las decisiones.

–Tal vez deberías dejar que lo hiciera.

–¡Tal vez deberías ocuparte de tus propios asuntos!

Se acercó a la barandilla, dejándolo tras ella con una expresión de arrepentimiento. El crepúsculo ofrecía un impresionante cuadro con el mar de fondo y el complejo de San Esteban sobre la colina. En el puerto una multitud de barcos y yates de todos los tamaños cubrían las aguas bermejas.

Allí arriba, en el mirador, todo era silencio. Incluso las cigarras habían dejado de cantar, y Leona deseó que esa calma también llegara a su interior. ¿Hasta cuándo estaría a merced de sus sentimientos?, pensó con un suspiro. El chal de seda se le deslizó de los hombros, y Ethan se apresuró a colocárselo de nuevo.

–Lo siento –le susurró–. No era mi intención preocuparte.

–No puedo hablar de ello.

–Puede que necesites hablar –sugirió él.

Ella negó con la cabeza, como llevaba haciendo desde que llegó a casa de su padre, en Londres, un año atrás, para anunciar, con los nervios destrozados, que su matrimonio con el jeque Hassan ben Jalifa al-Qadim se había terminado. Víctor Frayne había intentado todo lo posible para conocer la causa. Incluso había ido en persona a Rahman, pero se había encontrado con el mismo muro de silencio que con su hija. Lo único que sacó en claro fue que Hassan estaba tan afectado como Leona, aunque su yerno sabía cómo esconder sus emociones.

Dos meses atrás, Leona había acudido al abogado de la familia y le había encargado que preparase el divorcio, alegando diferencias irreconciliables. Una semana más tarde contrajo una gripe que la mantuvo en cama durante varias semanas.

Al recuperarse, se sintió preparada para enfrentarse de nuevo al mundo. Accedió a trabajar en San Esteban donde podría desarrollar sus habilidades profesionales.

Parecía que el cambio la había favorecido, y aunque aún seguía muy pálida y delgada, empezaba a vivir con normalidad.

Ethan no tenía intención de recordarle viejos traumas, de modo que la hizo girarse y le dio un beso en la frente.

–Vamos –le dijo en tono animado–. ¡Unámonos a la fiesta!

Leona forzó una sonrisa e intentó aparentar que la entusiasmaba la velada, pero cuando se alejó de la barandilla sintió un leve hormigueo en la nuca. Inmediatamente pensó que alguien los estaba observando.

La sospecha la hizo volverse y escudriñar los alrededores. No vio a nadie, pero la sensación no le resultó extraña. Después de cinco años viviendo en compañía de un jeque árabe, se había acostumbrado a estar en constante y discreta vigilancia.

Pero aquello era distinto. Si alguien la estaba vigilando, no era por su propia seguridad. La idea era tan siniestra que se estremeció.

–¿Pasa algo? –le preguntó Ethan.

Leona negó con la cabeza y siguió caminando. No era la primera vez que se sentía observada aquel día. Había experimentado lo mismo aquella tarde al salir de San Esteban. Sus temores le hacían sospechar que Hassan seguía vigilándola a distancia.

El coche y el chófer que habían alquilado los estaban esperando en el patio. Ethan la acomodó en el asiento trasero y se sentó a su lado. Para Leona, Ethan era como un primo cuya reputación de libertino la hacía sonreír, más que acelerarle el corazón.

Nunca había estado casado. Según él, el matrimonio le robaba a uno la ambición, por lo que tenía que estar muy seguro de encontrar a la mujer adecuada.

Cuando Leona le contó a Hassan la actitud y los ideales de Ethan, esperó que se encomendara a Alá por su blasfemia, pero Hassan permaneció callado y sombrío, como si sospechara de los sentimientos de Ethan hacia ella.

—El yate de Petronades es impresionante –la voz de Ethan irrumpió en sus recuerdos–. Lo he visto atracar mientras te esperaba en la terraza.

Leandros Petronades era el principal inversor de San Esteban y el anfitrión de la fiesta de esa noche, que congregaría en su yate a sus clientes más selectos.

—Debe de ser el mayor barco del puerto, a juzgar por el número de invitados –dijo Leona.

—La verdad es que no –replicó Ethan frunciendo el ceño–. Hay otro yate que lo dobla en tamaño.

—¿Es un barco comercial?

—No, parece más bien ser el yate de otro inversor multimillonario amigo de Petronades.

Era cierto que en San Esteban no faltaban los inversores, pensó Leona. De ser un pequeño puerto pesque-

ro se había convertido en un inmenso complejo turísti-
co que se extendía sobre las colinas que circundaban la
bahía.

Pero, ¿por qué había pensado en Hassan al oír hablar del yate? Hassan ni siquiera tenía un barco, ni había invertido nunca en los proyectos de la familia.

Irritada consigo misma, se fijó en la gente que dis-
frutaba de la brisa marina desde el muelle. No recordaba cuándo fue la última vez que ella pudo caminar
con tanta libertad. Ser la mujer de un jeque implicaba
ciertas restricciones. Hassan era el hijo mayor, y por
tanto el heredero del pequeño pero rico estado de Rahman. Al convertirse en su esposa, Leona había aprendido muy pronto a controlar sus palabras y sus actos,
y no ir sola a ninguna parte.

Aquel año no se había dejado ver mucho, porque
eso hubiera supuesto demasiadas especulaciones. En
Rahman se la conocía como la preciosa mujer inglesa
del jeque. En Londres era conocida como la mujer que
renunció a la libertad para casarse con un príncipe árabe. Leona no quería ofender la sensibilidad de los árabes al dar publicidad al fracaso de su matrimonio, de
modo que se mantuvo en el anonimato.

El coche llegó al final de la calle del puerto, donde
el yate de Leandros Petronades era fácilmente recono-
cible por las luces de la fiesta. Sin embargo, fue el
yate contiguo el que llamó la atención de Leona. Era
el doble de grande que el primero, tal y como había
supuesto Ethan, y estaba completamente a oscuras.
Con su imponente casco pintado de negro, recordaba a
un sigiloso gato esperando a saltar sobre su víctima.

Al salir del coche, junto a un par de puertas de hierro forjado que debilitaban la zona de embarque, Leo-

na se quedó mirando alrededor mientras esperaba a Ethan, y sintió un escalofrío al ver que tendrían que pasar por el barco a oscuras para llegar al yate.

Ethan la tomó del brazo y los dos atravesaron las puertas. El guarda de la entrada se limitó a asentir con la cabeza y a dejarlos pasar sin pronunciar palabra.

–Un tipo concienzudo –dijo Ethan.

Leona no respondió. Estaba demasiado ocupada intentando reprimir el revuelo que sentía en el estómago, mientras una parte del cerebro intentaba convencerla de que su inminente ataque de nervios no tenía nada que ver con la fiesta.

¿Por qué le resultaba todo tan siniestro? Hacía una noche muy agradable, tenía veintinueve años y estaba a punto de entrar en una fiesta.

–Menudo barco, ¿eh? –comentó Ethan mientras se acercaban al yate.

Pero Leona no quería mirar. Aquel barco la inquietaba, y la situación empezaba a preocuparla. El corazón le latía con fuerza, y tenía todos los nervios alerta por…

Entonces lo oyó. No fue más que un susurro en la oscuridad, pero bastó para dejarla inmóvil, y también a Ethan. Volvió a sentir el hormigueo en el cuello, más intenso.

–Ethan, creo que esto no me gusta –dijo con voz temblorosa.

–No –contestó él con voz ronca–. A mí tampoco.

Entonces vieron cómo de la oscuridad salían unas formas irreconocibles, que se transformaron en árabes con túnicas y adustas expresiones.

–Oh, Dios mío –susurró ella–. ¿Qué está pasando?

Pero ya sabía la respuesta. Era el mismo temor que había sentido cada día desde que se casó con Hassan.

Era una inglesa casada con un príncipe árabe. Habría demasiados fanáticos que quisieran conseguir un sustancioso beneficio por su desaparición.

El brazo de Ethan la apretaba fuertemente. Más allá se veían las luces del yate de Petronades, pero en el siniestro barco los árabes los rodeaban poco a poco.

–Tranquila –le susurró Ethan entre dientes–. Cuando te suelte, quítate los zapatos y echa a correr.

Iba a lanzarse contra ellos para que ella pudiera escapar.

–No –protestó Leona–. No lo hagas. ¡Pueden hacerte daño!

–¡Vete, Leona! –le ordenó él, y se arrojó sobre los dos hombres que tenía más cerca.

Leona observó horrorizada cómo los tres hombres caían al suelo. Sintió cómo la adrenalina fluía por sus venas y se dispuso a hacer lo que Ethan le había mandado. Pero entonces oyó una voz que gritaba una orden en árabe. El pánico la hizo girarse y, para su asombro, vio que el círculo de hombres que la rodeaba pasaba a su lado y la dejaba sola junto a uno de ellos.

Se quedó sin respiración, sin poder oír, sin saber lo que le estaba pasando a Ethan. Toda su atención se concentró en esa persona.

Alto, moreno y esbelto, su cuerpo transmitía una poderosa aura que traspasaba la túnica oscura. Su piel era del color de las olivas maduras, sus ojos tan negros como el cielo de medianoche, y su boca recia y adusta.

–Hassan –susurró casi sin aliento.

La inclinación que le ofreció era el producto de la legendaria nobleza que transportaban sus genes.

–El mismo –confirmó tranquilamente el jeque Hassan.

Capítulo 2

A LEONA se le hizo un nudo de histeria en la garganta.

—Pero... ¿por qué? —balbució con voz ahogada.

Antes de que Hassan pudiera responder se oyó a Ethan gritar el nombre de Leona. Ella se volvió, pero Hassan la agarró por la muñeca.

—¡Diles que se aparten! —gritó.

—Cállate —le ordenó él con voz de hielo.

Aquel tono la dejó perpleja, pues jamás lo había utilizado antes. Lo miró desconcertada, pero él ni siquiera la miraba. Tenía la vista fija en un punto cerca de las puertas de hierro. Hizo chasquear los dedos y sus hombres se dispersaron como una bandada de murciélagos, llevándose a Ethan con ellos.

—¿Qué van a hacer con él? —preguntó Leona.

Hassan no respondió. Otro hombre se acercó y ella reconoció un rostro familiar.

—Rafiq —murmuró. Fue todo lo que pudo decir antes de que Hassan le pasara un brazo por la cintura y la hiciera volverse hacia él. Los pechos de Leona chocaron con una pared de músculo, y sus muslos ardieron al sentir el poder que emanaba de aquel cuerpo. Levantó la vista y vio su expresión de furia.

—Sss... —susurró él—. Es absolutamente necesario

que hagas todo lo que te digo. No podemos tener testigos.

—¿Testigos de qué?

Hassan esbozó una gélida sonrisa antes de responder.

—De tu secuestro —le dijo con suavidad.

Ella ahogó un grito, al tiempo que los faros de un coche los iluminaban. Rafiq se movió, y lo siguiente que Leona supo fue que le echaban una especie de saco negro por la cabeza. Por un segundo no pudo creerse lo que estaba pasando, hasta que Hassan la soltó, de modo que la mortaja cayera hasta los tobillos.

—Oh, ¿cómo puedes hacerme esto? —se retorció, intentado liberarse, pero unos fuertes brazos la sujetaron.

—Solo tienes dos opciones, querida —oyó que Hassan le susurraba al oído—. Puedes quedarte quieta por tu propia voluntad, o Rafiq y yo nos encargaremos por ti. ¿Está claro?

Por supuesto que sí, pensó Leona.

—Jamás te perdonaré esto —le espetó.

Su respuesta fue colocarla entre Rafiq y él y empujarla hacia delante. Acalorada y cegada, Leona no podía saber adónde la llevaban. Soltó un gemido de terror.

—Tranquila —le dijo Hassan—. Estoy aquí.

Aquello no sirvió para tranquilizarla. Sintió que caminaba por una superficie metálica y rugosa.

—¿Qué es esto? —preguntó con voz temblorosa.

—La pasarela que conduce a mi yate —respondió él.

Su yate...

—¿Un nuevo juguete, Hassan? —había un ligero tono de burla en la pregunta.

–Sabía que te encantaría. ¡Vigila dónde pisas! –exclamó cuando ella metió la punta del pie entre la reja metálica.

Pero Leona no podía ver nada por culpa del saco. El pie se le dobló, haciéndola caer hacia delante. El saco también le impidió aferrarse a algo con la mano. Soltó un grito de pánico al imaginarse la caída a las negras aguas del puerto, envuelta en el sudario de la muerte.

Entonces unas fuertes manos la agarraron por la cintura, la levantaron y la apretaron contra un pecho familiar. Ella se acurrucó como una niña y empezó a temblar, mientras oía las maldiciones de Hassan.

Cuando subieron a cubierta, Hassan volvió a dejarla en el suelo. Ella se alejó de él e intentó arrancarse el saco con dedos temblorosos. Se hizo la luz y una suave brisa alivió el sofocante calor. Tiró la tela al suelo y se volvió para enfrentarse a sus dos raptores. Sus verdes ojos le brillaban de furia y humillación.

Hassan y Rafiq la observaban. Ambos llevaban túnicas negras bajo capas azules, atadas a la cintura con anchas fajas blancas. Sus rostros, uno con barba, el otro impecablemente afeitado, estaban enmarcados por el típico gutrah azul, y los dos aguardaban con insolente arrogancia la explosión de Leona.

Ella empezó a caminar hacia ellos. Por ser quienes eran, ¿creían que podían tratarla así? El pelo se le había soltado y le caía como una llamarada sobre los hombros. Se le habían caído los zapatos y el chal, y se sentía minúscula ante aquellos dos hombres indomables y orgullosos, cuyos oscuros ojos no ofrecían el menor atisbo de disculpa.

–Quiero ver a Ethan –dijo con frialdad.

Estaba claro que era lo último que esperaban oír de ella. Rafiq se puso rígido, y Hassan pareció sentirse terriblemente ofendido. Hinchó el pecho y con un movimiento de mano despidió a Rafiq, quien salió y cerró la puerta a su paso.

Los dos se quedaron solos y en silencio, inmóviles, él mirándola a los ojos y ella centrando la vista en algún punto sobre su hombro derecho. Había amado a aquel hombre durante cinco años, creyendo que su matrimonio era irrompible. Pero se había acabado, y Hassan no tenía derecho de hacerle aquello.

—Por preservar la armonía —dijo él finalmente—, te sugiero que te abstengas de pronunciar el nombre de Ethan Hayes en mi presencia —pasó junto a ella y se acercó a un mostrador que ocupaba toda una pared.

—¿Y de quién más podría hablar si he visto cómo tus hombres le daban una paliza y se lo llevaban? —le espetó.

—No le han dado una paliza —abrió un armario, lleno de todas las bebidas posibles.

—¡Cayeron sobre él como una panda de asesinos!

—Solo le quitaron las ganas de pelear.

—¡Me estaba defendiendo!

—Eso es cosa mía.

Ella no pudo evitar una carcajada.

—¡Te aseguro que a veces tu arrogancia me sorprende hasta a mí!

—¡Y tu absurdo rechazo a los buenos consejos me sorprende a mí! —sacó una botella de agua mineral y cerró el armario con un portazo.

Se volvió y le clavó la mirada de sus ojos negros llenos de furia. Dejó la botella en lo alto del armario y avanzó hacia ella con paso amenazante.

—No sé lo que pasa contigo —estalló Leona—. ¿Por qué me atacas de esta manera si no he hecho nada?

—¿Te atreves a preguntar eso, cuando es la primera vez que nos vemos en un año y lo único en lo que puedes pensar es en Ethan?

—Ethan no es tu enemigo.

—No —se paró a medio metro de ella—. Pero sí es el tuyo.

Ella dio un paso atrás. No lo quería tan cerca.

—No sé a qué te refieres.

—En Rahman, la mujer casada que vive con otro hombre que no sea su marido ha de pagar un duro castigo —siguió avanzando hacia ella.

—¿Estás diciendo que Ethan y yo nos acostamos juntos? —lo miró con ojos muy abiertos.

—¿Lo dices tú?

La pregunta fue como una bofetada en la cara.

—¡No!

—Demuéstralo.

—Sabes que Ethan y yo no tenemos ese tipo de relación.

—Te lo repito —insistió él—; demuéstralo.

Leona empezó a crisparse cuando vio que hablaba en serio.

—No puedo —reconoció—. Pero sabes que no me acostaría con él, Hassan. Lo sabes —enfatizó con vehemencia. ¡Cuánto lo odiaba por eso! Cuánto lo odiaba y amaba al mismo tiempo… Con una fuerza mayor a la de cualquier tortura.

—Entonces, haz el favor de explicarme, si vives bajo el mismo techo que él, ¿cómo puedo convencer a mi pueblo de tu fidelidad?

—Ethan y yo no hemos pasado ni una noche juntos

a solas –protestó ella–. Mi padre siempre ha estado con nosotros en la mansión hasta hoy, que ha tenido que quedarse en Londres.

–Es suficiente –dijo él asintiendo–. Ahora comprenderás por qué te hemos salvado a tiempo de cometer el que para mi pueblo es el peor de los pecados –hizo un gesto de rechazo con la mano–. Allí yo soy tu salvador, y es mi deber protegerte.

Sin decir más, se quitó el gutrah y se alejó de ella, dejándola sin argumentos para rebatir.

–No pienso volver contigo –fue lo único que se le ocurrió decir, y se dio la vuelta fingiendo interés por la habitación.

Estaban encerrados en lo que parecía una cabina privada, lujosamente amueblada con madera de palisandro. Un gran diván demostraba cuál era la función del compartimento.

Pero no fue la cama lo que llamó su atención, sino los dos sillones y la mesita junto a unas cortinas aterciopeladas color crema. El corazón se le encogió al reconocer el conjunto, y se llevó una mano a los ojos. ¿Por qué tenía que hacerle eso?

Hassan supo que había visto los sillones, pues parecía que estaba contemplando una escultura de oro. Tomó un pequeño sorbo de la copa de vino blanco que le había servido. La concentración de alcohol podría ser muy pequeña, pero aun así el líquido prohibido le abrasó el estómago.

–Has perdido peso –dijo cuando ella se dio la vuelta.

–He estado enferma… con gripe.

–Eso fue hace semanas –el hecho de que no se mostrara sorprendida por esa certeza le dijo que ya habría supuesto que la vigilaba–. Y el peso se recupera con facilidad.

–Y tú conoces muy bien los efectos de una enfermedad, claro –replicó ella, burlándose de la salud de hierro de Hassan.

–Te conozco a ti, y sé que cuando estás triste…

–He estado enferma, no triste.

–Me echabas de menos. Y yo a ti. ¿Por qué hay que negarlo?

–¿Puedo tomar una? –preguntó, señalando la copa que Hassan mantenía en la mano. Era un modo de decirle que iba a ignorar esos comentarios.

–Es para ti –respondió él, y le ofreció la copa.

Ella la miró con cautela. ¿Debería beber? ¿No sería mejor intentar huir?

Pero la hermosa mujer del príncipe nunca había sido una cobarde. Incluso cuando lo abandonó un año atrás lo hizo con coraje.

–Gracias –tomó la copa y se la llevó a los labios, sin saber que él había rozado el borde con los suyos.

La vio dar un sorbo y ahogar un suspiro, y la vio mirarlo directamente a los ojos. Entonces se dio cuenta de que era la primera vez que lo miraba desde que se quitó el saco. Incluso semanas antes de dejar Rahman había dejado de mirarlo. Él mismo tuvo que reprimir un suspiro al sentir cómo se le endurecían los músculos, sacudidos por el deseo de agarrarla y obligarla a poner los ojos en él.

Pero no era ese el momento para jugar a ser el marido dominante, ya que con toda seguridad lo rechazaría igual que había hecho tantas veces un año atrás.

–¿La fiesta en el yate de Petronades era una trampa? –preguntó ella de repente.

Hassan esbozó una sonrisa. Había creído que Leona estaba tan absorta con su presencia física como él con la suya. Pero no; su mente siempre conseguía sorprenderlo.

–La fiesta era auténtica –le respondió–. Pero no el motivo por el que tu padre no ha podido acudir a tiempo.

La sinceridad le sirvió al menos para atraer su mirada a los ojos, aunque fuera solo por un breve instante y con el ceño fruncido.

–Pero acabas de decirme que…

–Lo sé –la interrumpió–. Hay muchas razones por las cuales estás aquí ahora conmigo, querida –le susurró con amabilidad–. Y casi todas pueden esperar para ser explicadas.

–Quiero saberlo ahora –insistió ella. La idea de que su propio padre pudiera formar parte del complot le ensombreció el rostro.

Hassan negó con la cabeza.

–Ahora me toca a mí. Me toca gozar de tu regreso al lugar al que perteneces.

–¿Secuestrada? –preguntó ella alzando el mentón–. ¿Negándole a una mujer el derecho a decidir por sí misma?

–Somos gente romántica –se excusó él–. Nos encanta el drama, la poesía y las historias de amantes unidos por las estrellas que atraviesan el infierno para encontrarse de nuevo.

Al ver sus lágrimas se dio cuenta de que había dicho demasiado. Alargó un brazo y agarró la copa antes de que ella la dejara caer involuntariamente.

–Nuestro matrimonio fue un drama.

–No –negó él–. Eres tú quien se empeña en convertirlo en un drama.

–¡Porque detesto tus ideas!

—Pero no a mí —añadió, sin mostrarse afectado por la declaración.

—Te dejé, ¿recuerdas? —empezó a retroceder, asustada por el brillo de sus ojos.

—Y me mandaste cartas periódicamente para asegurarte de que no te olvidara.

—¡Cartas en las que te pedía el divorcio! —gritó ella.

—El contenido de las cartas es secundario respecto a su verdadero propósito —dijo con una sonrisa—. En realidad, han sido muy reconfortantes durante los dos últimos meses.

—Por Dios, eres tan vanidoso que me extraña que no te hayas casado contigo mismo.

—Qué dura llegas a ser —soltó un suspiro.

—¿Dejarás de acecharme como si fuera tu presa?

—Deja de esconderte como si lo fueras.

—No quiero seguir casada contigo —declaró.

—Pues yo no estoy preparado para dejarte marchar, así que parece que estamos en un callejón sin salida. ¿Quién crees que dará su brazo a torcer?

Al verlo frente a ella, tan orgulloso y arrogante, Leona supo cuál de los dos daría su brazo a torcer. Por eso se había mantenido lo más lejos posible de él. Podría enamorarla en cuestión de segundos, ya que todo su odio se convertía en adoración nada más mirarlo.

Hassan alzó una mano y le rozó los labios con la punta de los dedos. Ella se estremeció de arriba abajo, y él aprovechó para sujetarla por la nuca.

—Para —dijo ella, y le puso la mano en el pecho.

Tras el algodón azul percibió el tacto de un cuerpo musculoso y suave, lleno de calor y fuerza masculina. Se le hizo un nudo en la garganta y le costó respirar. Indefensa, levantó la vista y se encontró con sus ojos.

–Mirándome ahora, ¿eh? –se burló él–. Mirando a este hombre en cuyos ojos te gustaría ahogarte, cuya nariz puede parecerte espantosa pero que tan difícil te resulta no tocarla… Sin olvidar su boca, de la que te mueres por tomar posesión con la tuya.

–¡No te atrevas! –le advirtió, temerosa de que Hassan pudiera descubrir lo cobarde y débil que era.

–¿Por qué no? –replicó él, y empezó a inclinar la cabeza.

–Antes dime una cosa –la desesperación la hizo hablar a toda prisa–. ¿Tienes algún otro yate en otra parte en el que tu segunda esposa espera su turno?

En el agobiante silencio que siguió a la pregunta, Leona contuvo la respiración al ver cómo el rostro de Hassan palidecía. Para un árabe era la peor ofensa posible, y aunque Hassan nunca había descargado en ella su ira, en esos momentos parecía más amenazante y peligroso que nunca.

Pero lo único que hizo fue dar un paso atrás, frío y distante.

–¿Te atreves a acusarme de no tratar con igualdad a mis esposas?

Leona se quedó inmóvil, sintiendo cómo sus defensas se resquebrajaban.

–Te fuiste… y te casaste de nuevo –murmuró, y entonces sus emociones estallaron en mil pedazos.

Hassan tendría que haberlo supuesto, pero el enfado solo le había permitido centrarse en su orgullo. Así que, cuando Leona se dio la vuelta y echó a correr llorando hacia la puerta, lo pilló desprevenido.

Oyó que Rafiq gritaba, y luego el chillido de Leona al caer, no a las oscuras aguas del Mediterráneo, sino la alta escalinata que bajaba al vestíbulo principal.

Capítulo 3

SIN parar de mascullar maldiciones, Hassan se movía alrededor de la cama como un tigre enjaulado, mientras el médico del barco examinaba a Leona.

—No se ha roto ningún hueso, ni tampoco se ha hecho ninguna herida en la cabeza.

—Entonces, ¿por qué sigue inconsciente? –preguntó Hassan con irritación.

—El golpe ha sido muy fuerte, señor –sugirió el médico–. Y solo lleva así unos minutos.

Pero cada minuto era una eternidad para quien siente remordimiento, pensó Hassan.

—Una compresa fría podría servir para…

—Rafiq –llamó Hassan haciendo chasquear los dedos.

El sonido hizo que Leona pestañeara. Hassan se abalanzó sobre ella. El médico se apartó y Rafiq se detuvo.

—Abre los ojos –le sujetó el rostro con una mano temblorosa y lo giró hacia él.

Ella obedeció y lo miró.

—¿Qué ha pasado? –balbució con la mirada vacía.

—Te caíste por las escaleras. Dime dónde te duele –ella frunció el ceño, intentando recordar–. Concéntrate –insistió–. ¿Te has hecho daño?

—Creo que estoy bien —cerró los ojos un momento y al abrirlos lo miró fijamente. Vio su angustia, su preocupación, su culpa… y entonces recordó por qué había caído.

Las lágrimas empezaron a afluir de nuevo.

—Te fuiste y lo hiciste —balbució entre sollozos.

—No, no lo hice —rechazó él—. Fuera —les ordenó a los otros dos testigos.

Rafiq y el médico se apresuraron a salir. Era una situación peligrosa, pensó Hassan. El deseo de besarla era tan fuerte que apenas podía respirar. Era suya. ¡Suya! No tendrían que estar en esa situación.

—No, no te muevas —le dijo cuando ella intentó incorporarse—. Ni siquiera respires a menos que tengas que hacerlo. ¿Por qué las mujeres sois tan estúpidas? Primero me insultas con tus sospechas, luego me exiges una respuesta, y cuando no es la que quieres oír me matas con tu dolor.

—No tenía intención de caer por las escaleras —recalcó ella.

—No me refiero a la caída —espetó, pero se fijó en su mirada confundida y vulnerable—. ¡Oh, Alá, dame fuerzas! —murmuró entre dientes, y entonces se rindió a la tentación.

Si la hubiera besado con menos pasión, tal vez Leona hubiera opuesto resistencia. Pero así no. Necesitaba que descargase todo en el beso y, además, le gustó comprobar que él también estaba temblando.

Y lo echaba de menos. Añoraba sentir la presión de sus muslos contra los suyos, añoraba la voracidad de sus besos ardientes… Era como disfrutar de un banquete tras un año de hambruna. Quería saciarse con sus labios, su lengua, sus dientes, su sabor… Deslizó las manos bajo la capa, donde solo la fina túnica de algodón las separaba de los músculos endurecidos. Le hincó los dedos en los hombros, invitándolo a tomar todo cuanto quisiera.

Él el tomó los pechos, los acarició y moldeó antes de seguir la esbelta curva de su cuerpo. La apretó contra su erección, y ella sintió que ardía en llamas. Aquel era su hombre, el amor de su vida. Jamás podría encontrar a otro. Todo lo que él tocaba le pertenecía. Y todo lo que deseaba lo conseguía.

Pero entonces se detuvo bruscamente y se puso en pie, dándole la espalda.

—¿Por qué? —preguntó ella aturdida.

—No somos animales —respondió él, mientras libraba una lucha salvaje consigo mismo—. Tenemos asuntos que tratar, y no podemos permitir que la pasión se adueñe de nosotros.

Fue como un chorro de agua fría en la cara.

—¿Qué asuntos? —le preguntó en tono desafiante e irónico—. ¿Te refieres a lo que he hemos dejado además del sexo?

Él no respondió. Arqueó una ceja y apuró la copa de vino con gaseosa que le había servido antes a Leona. Ella se dio cuenta de que lo estaba pasando muy mal, porque Hassan solo probaba el alcohol cuando la tensión lo dominaba.

—Quiero irme a casa —anunció al tiempo que se sentaba en la cama y ponía los pies en el suelo.

—Esta es tu casa —replicó él—. Durante las próximas semanas, al menos.

¿Semanas? Leona observó atónita su espalda. Aquel era otro síntoma de su preocupación. Un árabe no le daría la espalda a alguien sin motivo.

–¿Dónde están mis zapatos?

La pregunta fue tan inesperada que Hassan se volvió y le miró los pies.

–Los tiene Rafiq.

El querido Rafiq, pensó ella. El compañero leal hasta la muerte. Rafiq también era un al-Qadim, y había recibido la misma educación que Hassan, solo que él era el sirviente.

–¿Serías tan amable de pedirle que me los devuelva? –Leona sabía que a Rafiq no se le mandaba. Era un inconformista, un hombre del desierto, fiero defensor de su orgullo y del derecho à tomar sus propias decisiones.

–¿Para qué?

–No voy a quedarme aquí, Hassan –le dijo con una fría mirada–. Voy a salir del yate esta noche, aunque tenga que irme a un hotel para proteger tu dignidad.

Él la miró con una expresión divertida, esbozando una sonrisa.

–Eres buena nadadora, ¿eh?

A Leona le costó unos segundos comprenderlo, pero entonces se acercó corriendo a la ventana. Separó las cortinas y solo pudo ver oscuridad.

Tal vez estuviera en el costado del barco que daba al mar, se dijo a sí misma en un esfuerzo por calmarse.

–Zarpamos de San Esteban minutos después de subir a bordo –informó Hassan.

Fue entonces cuando sintió las suaves vibraciones bajo los pies. El apagado murmullo de los motores. Era un secuestro.

–¿Por qué? –le preguntó volviéndose lentamente para mirarlo. Sabía que aquel hombre no actuaba jamás por impulso. Todas sus acciones obedecían a una razón, y no perdía tiempo ni esfuerzo en hacer algo inútil.

–Hay problemas en casa –respondió él muy serio–. Mi padre está mal de salud.

Su padre… El enojo de Leona se transformó en preocupación. La salud del jeque Jalifa era precaria desde hacía mucho tiempo. Hassan lo quería y veneraba, y dedicaba casi todas sus energías en aliviarlo de la carga de gobernar. Se aseguraba de que recibiera las mejores atenciones médicas y se negaba a creer que algún día ocurriría lo peor.

–¿Qué ha pasado? –caminó hacia él–. Pensé que el último tratamiento era…

–Es un poco tarde para mostrar interés –la interrumpió Hassan–. No tengo que recordarte que no mostraste ninguna preocupación cuando te marchaste hace un año.

Aquello no era justo. El jeque Jalifa era un hombre bueno y amable, y Leona y él habían sido muy buenos amigos.

–Tu padre comprendió por qué tuve que irme –le respondió en tono afectado.

–Pues yo no lo entendí, y tu decisión me ha supuesto un grave problema. Porque al permitir que mi esposa se marchara, ofrecía una imagen de debilidad que no ayuda en absoluto a la estabilidad del país. Tengo que mostrar más autoridad.

–¿Y el mejor modo para hacerlo es secuestrándome y llevándome a Rahman? –la amarga carcajada recalcó lo absurda que era esa medida.

–¿Preferirías que llevara a esa segunda esposa a la que no puedes oír nombrar sin estallar en lágrimas?

–Es a ella a quien necesitas, no a mí –era doloroso

decirlo, pero era la verdad. Leona ya no era la esposa adecuada para el heredero del reino.

—Tengo a la esposa que quiero.

—Pero no la esposa que necesitas, Hassan.

—¿Es este tu modo de decirme que ya no me amas? —le lanzó una mirada desafiante.

Oh, Dios… Leona se tapó los ojos con la mano y se negó a responder.

—¡Contéstame! —insistió él acercándose.

Ella tragó saliva y apartó el rostro.

—Sí —susurró.

—¡A la cara! —le ordenó quitándole la mano de los ojos—. ¡Dímelo a la cara!

Las lágrimas le ardían en los ojos.

—No, por fa… —rogó, pero él no iba a ceder.

—Quiero oírte decir que ya no me amas —estaba pálido, dolido y furioso—. Quiero que me sueltes a la cara esa mentira. Y luego quiero oírte suplicar perdón cuando te demuestre lo contrario. ¿Entiendes, Leona?

—¡De acuerdo! ¡Te amo! ¿Está bien así? ¡Te amo, pero no seguiré casada contigo! No voy a ver cómo arruinas tu vida por mi culpa.

Ya estaba dicho. La amarga verdad. Se soltó y se alejó, casi sin poder respirar.

—¿Y qué pasa con tu vida? —siguió preguntando él, de forma despiadada—. ¿Vas a sacrificarte por mí?

—Lo superaré —las piernas le temblaban tanto que iba a caerse de un momento a otro.

—¿Te casarás de nuevo?

Ella se estremeció, pero no respondió.

—¿Te rodearás de amantes para intentar sustituirme?

—No necesito a nadie —contestó con la voz ahogada por el dolor.

–¿Entonces pasarás el resto de tu vida viendo cómo tengo hijos con esa segunda esposa?

–Oh, por el amor de Dios. ¿Qué intentas hacerme?

–Hacerte comprender que nos estás condenando a ambos.

–¡Pero yo no te estoy condenando a nada! Te doy mi bendición para que hagas lo que quieras con tu vida.

Hassan no se hubiera puesto más furioso si le hubiera ofrecido todo un harén. Las facciones de su rostro se le endurecieron en una expresión de rabia contenida.

–¡Entonces haré lo que quiero!

Antes de que Leona se diera cuenta, se encontró en sus brazos. Él le dio un segundo para que leyera el mensaje que ardía en sus ojos, antes de besarla con recrudecida pasión, y ella se dio cuenta, horrorizada, de que no quería rechazarlo. Incluso emitió un gemido de protesta cuando Hassan la volvió a dejar en el suelo y se separó.

Tenía los labios calientes y temblorosos, la respiración entrecortada, los pechos endurecidos, y un inquietante hormigueo en el estómago…

Hacer el amor. Sentirlo en su interior. Solo tenía que mirar a Hassan para saberlo. Estaba a punto de reclamar lo que le pertenecía.

–Te arrepentirás de esto –le advirtió ella sin mucha convicción.

–¿Me estás rechazando? –replicó él, en un tono que indicaba su interés por la respuesta, pero solo por pura curiosidad.

No, pensó Leona. No estaba negándole nada de lo que quería tomar esa noche. Levantó una mano y le tocó la boca con un dedo. Le trazó la línea de los labios, suspiró, y se puso de puntillas para besarlo de nuevo.

Él la sujetó por las caderas y la apretó, mientras ella le pasaba la mano por el cuello y entrelazaba los dedos por su cabello oscuro. Fue un abrazo largo e intenso. El vestido de Leona cayó al suelo, dejándola con un sujetador dorado, unas braguitas largas y medias. Hassan conocía bien los puntos erógenos de su piel y, cuando le quitó el sujetador y deslizó los dedos bajo las braguitas para apretarle el trasero, ella le permitió que la tocara cuanto quisiera. Los dos se conocían, los dos se querían… Los dos se preocupaban el uno por el otro. Tal vez se pelearan y discutieran muy a menudo, pero nada destruía el amor. Era algo vital para ellos, como el aire que respiraban.

—Me deseas —dijo él.

—Siempre te he deseado.

—Soy tu otra mitad.

La mitad partida, pensó Leona dejando escapar un suspiro de melancolía.

Él volvió a tomar posesión de su boca, como si quisiera impedirle que siguiera pensando. La acostó en la cama y le quitó las braguitas. Entonces empezó a desnudarse él mismo, sin apartar los ojos de ella.

Leona se quitó sensualmente las medias, mientras él dejaba caer al suelo su capa y su túnica. Un torso bronceado y musculoso quedó a la vista. Los verdes ojos de Leona chisporrotearon, y su palpitante centro de feminidad se humedeció cuando él se quitó los calzoncillos negros.

Hassan esbozó una media sonrisa, y se tumbó sobre ella. Era la sensación más dulce que Leona hubiera experimentado jamás. Él era su amante árabe. El hombre a quien había visto en una sala abarrotada de personas años atrás. Y desde entonces no había podido fijarse en ningún otro.

Se besaron y acariciaron, sin llegar al contacto total, hasta que Hassan se deslizó entre sus muslos y ambos se unieron lentamente.

Ella soltó un gemido que lo hizo detenerse.

–¿Qué pasa? –le preguntó con ansiedad.

–Te he echado mucho de menos –respondió ella con un hilo de voz.

Aquellas palabras fueron el catalizador definitivo al ímpetu de Hassan. Leona creyó morir un poco, sacudida por un torrente de placer que se propagaba como fuego líquido por sus venas. Los dos se hicieron uno, se aferraron, gimieron, se estremecieron, y se vaciaron en la oleada de pasión definitiva.

Luego, ninguno se movió, y el silencio se cernió sobre ellos. Todo había sido maravilloso, pero también vacío. Y nada iba a cambiar eso.

Hassan fue el primero en moverse. Se levantó y, sin mirarla, se alejó desnudo de la cama. Tocó con un dedo la pared y una puerta oculta se abrió. Leona alcanzó a ver unos azulejos blancos y supo que era un cuarto de baño.

Cuando él entró y cerró la puerta, ella se cubrió los ojos con un brazo y apretó los labios para no llorar. Aquella situación no era nueva. Había pasado muchas veces, y fue una de las razones por las que acabó abandonándolo.

Hassan permaneció bajo el chorro de la ducha. Tuvo que reprimirse para no golpear las paredes. Su cuerpo estaba saciado, pero el corazón le dolía por una frustración que nada podría sanar.

Silencio. Odiaba el silencio. Odiaba saber que no tenía nada que decir. Y encima tenía que volver y enfrentarse a ella.

Su esposa. Su mujer. Su otra mitad. Bajó la cabeza, dejando que el agua le cayera sobre los hombros, e intentó imaginar cuál sería la reacción de Leona. Solo se le ocurría una respuesta. No iba a quedarse.

Se dijo a sí mismo que tendría que haberse aprovechado de la enfermedad de su padre. Era un hombre al que ella quería y con quien había pasado muchas horas hablando, jugando al ajedrez, o simplemente leyéndole cuando estaba demasiado débil.

Pero su padre tampoco había bastado para que ella se quedara la última vez. El viejo estúpido le había dado su bendición al marcharse, y aunque la echaba terriblemente de menos, seguía insistiendo en que había hecho lo correcto.

Odiaba esa frase, «había hecho lo correcto». Apestaba a deber. Deber a su familia, deber a su país, deber a concebir un hijo heredero de al-Qadim.

Pero él no necesitaba un hijo, y tampoco a una segunda esposa para concebirlo. A quien necesitaba era a una hermosa pelirroja que lo hiciera estremecerse con solo mirarla, no a una mirada vacía cada vez que hicieran el amor.

Suspiró y volvió la cara hacia el chorro. El agua le cortó la respiración, pero a él no le importaba si jamás volvía a respirar. Finalmente, el sentido común lo dominó y lo obligó a moverse.

Minutos más tarde salió del baño, y entonces la vio, acurrucada en uno de los sillones. Había descorrido las cortinas y estaba mirando por la ventana, con sus preciosos cabellos brillando contra la oscura tapicería de Damasco, y envuelta en una sábana blanca de algodón egipcio. A los pies de la cama seguían sus ropas, mezcladas.

—Averigua cómo está Ethan —le dijo sin mirarlo.

Era un trueque. Ella le había dado más de lo que quería, y pedía algo a cambio.

Sin decir palabra, Hassan llamó por la línea telefónica interna, y averiguó lo que ella quería saber. Ordenó que les llevaran comida y luego se sentó en el otro sillón.

—Recibió por accidente un golpe en la mandíbula, que lo ha mantenido inconsciente un par de minutos, pero ahora está bien —le aseguró—. Está cenando con Rafiq.

—Así que él no forma parte de este secuestro que has planeado con mi padre.

—A veces puedo ser malévolo y retorcido, pero no tanto —replicó él secamente.

Ella estaba con la barbilla apoyada en las rodillas, pero se volvió para mirarlo. El cuerpo de Hassan vibró de tentación bajo la bata color arena.

—¿Convencer a mi padre para que conspire contra mí no es ser retorcido?

—Se sintió aliviado de que yo quisiera hacer algo. Me deseó buena suerte y me ofreció toda la ayuda posible —ella no dijo nada y se limitó a suspirar—. Sabes que tu padre se preocupa por ti —añadió con voz ronca—. No le has contado por qué me dejaste, ¿verdad?

La pregunta hizo que ella volviera la vista a la ventana y dejara la mirada perdida en la oscuridad exterior.

–Aceptar que soy un fracaso no es algo que quiera compartir con nadie –murmuró.

–Tú no eres ningún fracaso.

–¡Soy estéril! –exclamó, soltando la única palabra que ninguno de los dos quería oír.

Hassan se puso en pie en un arrebato de furia.

–¡No eres estéril! No fue eso lo que te dijeron los médicos, y lo sabes.

–¿Cuándo dejarás de negarlo? –gritó ella. Se puso en pie para encararlo. Tenía el rostro tan blanco como la sábana–. ¡Tengo un ovario dañado, y el otro solo ovula cuando le da la gana!

–Eso no implica ser estéril.

–Después de tantos años, ¿aún puedes decir eso?

Lo miraba como si él estuviera tratando de hacerle daño. Y como no tenía respuesta para esa última pregunta, Hassan pensó si acaso no habría sido esa su intención. El último año juntos había sido un infierno, y el anterior no fue mucho mejor. El matrimonio había llegado a ser una decepción que ensombrecía el pasado y el futuro. Al final, Leona no pudo soportarlo más y lo dejó.

–Podemos probar otros métodos de concepción –sugirió él.

–¿Quieres que mis óvulos se cosechen como granos de trigo y que tu hijo sea concebido en una probeta? Tu pueblo jamás lo perdonaría.

Hassan tragó saliva. Leona tenía razón. Estaba hablando de las tribus del desierto, que mantenían el equilibrio de poder en Rahman. Vivían apegados a las viejas costumbres, y veían el progreso como un mal inevitable. El mismo Hassan había corrido un gran riesgo al casarse con una mujer occidental. Las tribus lo habían sorprendido al ver esa decisión como un signo de fuerza, pero fue lo único que le concedieron. No comprenderían que se tomara tantas molestias en concebir a un hijo, cuando lo único que tenía que hacer era intentarlo con una segunda esposa.

–¿Por qué me has traído? –preguntó ella, y corrió a refugiarse en el cuarto de baño con la misma intención con la que lo había hecho él: estar a solas con su dolor.

Capítulo 4

DOS horas, pensó Leona al quitarse el reloj de oro y dejarlo sobre la encimera de mármol, junto a los pendientes y el collar de diamantes. Dos horas juntos y ya se estaban haciendo daño.

Dejó escapar un suspiro y se sentó en la taza del inodoro. A su alrededor todo era blanco. Azulejos, baldosas, techo, cerámica. Sin duda hacía falta un toque de color para...

Cerró los ojos. Se estaba refugiando tras una actitud profesional para intentar evitar los pensamientos que la atosigaban.

La situación era absurda, especial y agridulce. No sabía si reírse por los extravagantes métodos de Hassan para unirlos, o llorar por la angustia que les estaba causando.

Al final hizo las dos cosas. Soltó una carcajada, que pronto se transformó en un sollozo. Cada mirada, cada roce, era un acto de amor que los mantenía unidos. Cada palabra, cada pensamiento, era un acto de dolor que los separaba.

¿Qué podía hacer? Sabía que no merecía la pena luchar por nada. ¿Tendría que aceptar el sacrificio de seguir siendo su primera esposa mientras él tomaba a una segunda? No, no podría vivir sabiendo que cuando no se acostaba con ella lo estaba haciendo con otra.

Empezó a temblar. No podía ni pensar en esa posibilidad. Ni siquiera era una opción, y Hassan lo sabía. Si antes lo había sugerido fue por estar furioso. Siempre era lo mismo. Provocar estallidos de cólera, seguidos del perdón y la sensualidad, para acabar en el vacío que los separaba.

Vacío.

Se levantó, y gimió de dolor. Tenía el cuerpo agarrotado y entumecido. ¿Era por la caída por las escaleras, por el sexo o por el estrés? Seguramente fuera por todo ello.

Se sentía mareada. Entró en la ducha y dejó que el agua se deslizara por su cuerpo. ¿Por qué Hassan tenía que ponerlos en una situación sin salida? ¿Cuántas veces tenía que hacerla sufrir hasta que aceptara que el matrimonio se había acabado?

Deber. Era por su maldito deber de concebir un heredero. A cualquier otro hombre le hubiera bastado con el amor, pero ella se había enamorado de un príncipe, no de un hombre. Y el príncipe se había enamorado de una mujer estéril.

¿Qué estaría haciendo allí metida?, pensó Hassan mirando el reloj. Llevaba media hora encerrada en el baño. Si no salía en dos minutos, iba a entrar a buscarla.

Nada se desarrollaba según lo planeado. Se dio una palmada en la frente y se maldijo a sí mismo por su arrogancia. Había creído que bastaría con atrapar a Leona para que todo volviera a la normalidad entre ellos.

Su intención había sido asegurarse de que ella estuviese a salvo en el lugar al que pertenecía. Pero en vez de eso le había dado un susto de muerte, había estado a punto de perderla en el mar, le había mentido y la había hecho salir corriendo y desplomarse por las escaleras. Y lo último había sido encerrarse en el baño por culpa de una estúpida sugerencia. ¡Una sugerencia que para ambos era ridícula!

Que Alá lo perdonase, rezó mientras se acercaba a la puerta del baño. Ella no lo haría. Estaba hecha de una pasta más fuerte de lo que parecía. Hassan levantó un puño y, justo cuando iba a golpear la puerta, esta se abrió.

Leona estaba envuelta en una toalla, y el pelo le caía mojado a ambos lados de la cara, como un velo de satén. Los dos se quedaron mirándose el uno al otro.

–¿Estás bien? –preguntó él finalmente.

–Claro –respondió ella–. ¿Por qué no habría de estarlo?

Él no supo qué contestar. Dio un paso adelante, la estrechó entre sus brazos y la besó con pasión. Cuando se retiró para tomar aire ella estaba sin aliento.

–Hassan…

–No –la interrumpió–. Ya hemos hablado bastante por esta noche.

Volvió a la habitación para recoger la bata blanca de seda que tenía preparada para ella. Leona vio que el compartimento había sido ordenado, y que habían colocado en el centro una mesa para la cena. La comida esperaba en un carrito.

Vio también que las luces se habían bajado y que unas velas iluminaban la mesa. No era tonta, sabía que

Hassan había preparado el ambiente para una segunda seducción.

—Póntela —ofreció él, y abrió la bata en sus manos.

Ella se quedó dudando unos momentos, con los ojos cerrados.

—Solo por esta noche —dijo al fin—. Mañana me llevarás de vuelta a San Esteban.

«Jamás», estuvo a punto de decir él.

—Mañana… hablaremos de ello —se limitó a prometer.

Ella lo miró recelosa, pero asintió y se giró para permitirle que le pusiera la bata.

Él supo que no merecía esa concesión, y quiso devolverla con un beso especial. Pero en vez de eso le dio la vuelta y, pasándole las manos por los hombros y la cintura, le ató el cinturón.

—La calma que sigue a la tormenta —dijo ella con una sonrisa.

—Mejor así que lo que en verdad quería hacer —respondió él con pesar.

—¿Te refieres a esto? —preguntó ella, y lo miró a los ojos para que él pudiera ver lo que estaba pensando. Entonces lo besó, y al separarse le dedicó una sonrisa burlona.

Cuando se giró, le rozó con los dedos la parte más endurecida de su cuerpo. Hassan dejó escapar una risita. Leona podía tener un aspecto suave, pero por dentro ardía en llamas.

Cenaron salmón hervido con espinacas y asado de vaca con crema. Hassan le sirvió vino blanco, y él bebió agua con gas. El vino hizo que Leona se ablandara un poco, pero consiguió recordar que solo iba a ser una noche maravillosa. Cuando acabaron la cena y Hassan sugirió que dieran un paseo por cubierta, ella se sentía lo bastante animada como para acompañarlo.

En el exterior soplaba una cálida brisa. Los dos caminaron descalzos, vestidos tan solo con las batas, y parecían ser los dos únicos tripulantes del barco.

—Rafiq está entreteniendo a Ethan... ahí arriba —explicó Hassan cuando ella le preguntó dónde estaba todo el mundo. Le indicó con la mano las luces que brillaban en las ventanas del puente.

—¿No deberíamos unirnos a ellos?

—No creo que apreciaran la interrupción. Están jugando al póquer con algunos miembros de la tripulación, y nuestra presencia mermaría su... entusiasmo.

Lo que realmente quería decir era que no quería compartirla con nadie.

—Tienes respuesta para todo, ¿eh? —susurró ella.

—Eso intento —dijo con una sonrisa tan seductora que Leona tuvo que apartar la mirada.

Se acercó a la barandilla y miró hacia abajo, hacia la espuma que levantaba el casco. Navegaban a gran velocidad, y Leona se preguntó a qué distancia estarían de San Esteban.

Pero no se lo preguntó a Hassan, porque con ello solo conseguiría provocar una discusión.

—Es un yate impresionante, incluso para un jeque del petróleo —observó.

—Sesenta metros de eslora por nueve de manga —dijo él apoyándose de espaldas en la barandilla. Le pasó el brazo por la cintura y la hizo girarse, para que pudiera seguir las indicaciones de su mano—. En la cubierta superior está el puente de mando, desde donde mi buen capitán mantiene el rumbo. En la segunda cubierta está el solarium y el salón principal. La mitad de la cubierta donde nos encontramos está reservada para nuestro uso personal, con compartimentos privados, mi despacho, etc., mientras que la otra mitad se destina a usos comunes.

–Cielos, tienes suerte de ser tan rico –dijo ella con un suspiro.

–Todavía no he acabado –replicó él–. Bajo nuestros pies hay seis suites privadas para alojar a la realeza. Luego está la sala de máquinas y los camarotes de la tripulación. Hay también una piscina, un gimnasio y un surtido de juguetes náuticos para hacer agradable la travesía.

–¿Y tiene algún nombre este palacio flotante?

–Mmm… Sexy Lady –susurró, e inclinó la cabeza para morderle el cuello.

–¡Déjate de bromas! –lo acusó ella, dándose la vuelta para mirarlo.

–Está bien –se encogió de hombros–. Estoy bromeando.

–¿Cómo se llama? –volvió a preguntar riendo. El corazón le dio un vuelco al contemplarlo allí, tan apuesto y relajado, luciendo una sonrisa natural y sincera. Dios, ¿cómo no amarlo tanto? Era su… La risa murió en sus labios al ver su expresión–. No –no podía haberlo hecho. No habría sido capaz de…

–¿Por qué no? –preguntó él en un suave tono de desafío.

—¡En este caso no! –le espetó. No estaba segura de que se estuvieran refiriendo a lo mismo, pero tenía un horrible presentimiento.

–Es una tradición ponerle a un barco el nombre de tu amada –señaló él–. Y, además, ¿por qué tengo que excusarme cuando no podría haberte hecho un mejor cumplido?

—Porque… —empezó a decir con voz temblorosa.

—No te gusta.

—¡No! —casi inmediatamente cambió de opinión–. ¡Sí, me gusta! Pero no tendrías que haberlo hecho. Tú…

Él la hizo callar con un beso, y ella se olvidó de lo que estaba diciendo. Solo fue consciente de la ola de calor que la invadía, tan peligrosamente seductora que…

Se dejó llevar por la pasión que demandaban aquellos fuertes brazos y por la insaciable avidez de sus besos.

—¿Vamos a la cama? —le sugirió él con un susurro.

—Sí —aceptó ella, entrelazando los dedos en sus cabellos y hundiendo la lengua entre sus labios.

Hassan dejó escapar un ronco gemido y curvó una mano sobre sus muslos, la pasó por debajo de la bata y le agarró el glúteo. La piel estaba ardiendo. Tan solo unas hebras de seda los separaban de la fusión. Podrían hacer el amor allí mismo, contra la barandilla, a ojos de cualquiera que mirase en su dirección.

—Vamos a la cama —dijo él. Los ojos le brillaban de pasión y tenía las mejillas acaloradas–. ¿Puedes andar o quieres que te lleve?

—Puedo correr —respondió ella, y, tirando de él, empezó a avanzar a grandes zancadas, con la risa de Hassan siguiéndola.

De vuelta en el compartimento, en donde ya habían recogido los restos de la cena, se quitaron las batas y se acostaron sin perder tiempo.

Hicieron el amor una y otra vez, sin temor de los

breves vacíos que pudieran surgir entre acto y acto, hasta que, finalmente, se durmieron, abrazados, entrelazados, como si el sueño fuera una prolongación del beso.

Cuando Leona despertó se encontró sola en la cama. Se quedó tumbada durante un rato, viendo los rayos de sol que se filtraban entre las cortinas, e intentando no pensar.

Después de una noche de fantasía, había vuelto la realidad. Y no era cálida como el sol, sino fría, como la sombra que se cernía sobre ella.

Un ruido llamó su atención. Movió ligeramente la cabeza y vio que Hassan salía del baño. Iba casi desnudo, con una toalla enrollada a la cintura. Su cuerpo, deliciosamente esculpido en fibra y músculo, apenas tenía vello, lo que le permitía a Leona deleitarse con la visión de su poderosa anatomía. Lo vio abrir un cajón y sacar unos calzoncillos blancos. Dejó caer la toalla, ofreciendo una fugaz, pero gloriosa vista de sus nalgas endurecidas. Se puso también unos pantalones cortos y una camisa blanca de algodón indio que se ajustaba a sus anchas espaldas.

—Puedo sentir cómo me miras —dijo sin darse la vuelta.

—Me gusta mirarte —dijo ella. Y era cierto.

Él se giró, sin abrocharse la camisa, y se acercó a la cama. A Leona empezó a latirle con fuerza el corazón.

—A mí también me gusta mirarte —murmuró, y se inclinó para besarla. Olía a frescor, y tenía el rostro recién afeitado.

–Vuelve a la cama –le pidió ella.

¿Para que puedas embelesarme? Ni hablar, querida. No hay que abusar de lo bueno.

La besó otra vez y se retiró con una sonrisa, pero Leona pudo ver la dureza de su mirada, lo que indicaba que Hassan ya había vuelto a la realidad.

Se dio la vuelta y abrió un armario repleto de ropa femenina.

–Levántate y vístete –le ordenó–. Dentro de quince minutos servirán el desayuno en cubierta.

Se dispuso a abrir la puerta, al tiempo que las sombras de la realidad se cernían sobre Leona.

–No ha cambiado nada, Hassan –le dijo con calma–. Cuando salga de esta habitación, no volveré a entrar.

Él se detuvo, pero no se volvió para mirarla.

–Estás de vuelta al lugar que perteneces. Esta habitación es solo una parte –dijo, y se fue sin darle la oportunidad de discutir.

Leona se quedó un rato contemplando los rayos de sol sobre la alfombra. Finalmente, dejó escapar un suspiro y se levantó. Era el momento de enfrentarse a la siguiente tanda de discusiones.

En otra habitación no muy lejana, Hassan se enfrentaba a otro rival. Ethan Hayes estaba allí, furioso. Tenía una cicatriz en la mandíbula que hubiera espantado a Leona, y un terrible dolor de cabeza por haber bebido demasiado la noche anterior.

–¿Qué te ha impulsado a cometer una locura semejante? –le preguntó a Hassan.

–Te pido disculpas por mis hombres. Su… entusiasmo por el trabajo los perdió, me temo.

–Y tanto… –repuso él tocándose la mandíbula–. ¡Estuve inconsciente durante diez minutos! Y cuando recupero el conocimiento me encuentro en un yate en el que no quiero estar, y no veo a Leona por ninguna parte.

–Ella también está preocupada por ti, si eso te sirve de consuelo.

–No, por supuesto que no. ¿Qué demonios hay de malo en tomar contacto por los medios convencionales? Le diste un susto de muerte, y a mí también.

–Lo sé, y te pido disculpas de nuevo. Digamos que serás generosamente recompensado por esta… interrupción.

–No quiero ninguna recompensa –espetó Ethan–. ¡Lo que quiero es ver por mí mismo que Leona se encuentra bien!

–¿Estás insinuando que podría hacerle daño a mi propia esposa?

–¿Cómo voy a saberlo? –el tono de Ethan era deliberadamente provocador–. El entusiasmo puede ser contagioso.

Los dos hombres no se gustaban el uno al otro, aunque era raro que lo demostraran. Pero cuando las chispas empezaron a saltar entre ellos, la discusión se hizo más peligrosa. Tal vez Leona prefiriera creer que Ethan no estaba enamorado de ella, pero la pasión con que Ethan pronunciaba su nombre y el brillo que aparecía en sus ojos al hablar de ella preocupaban a Hassan, para quien solo el sentido del honor obligaba a Ethan a respetar el anillo de casada.

Pero eso no tranquilizaba a Hassan. Aquel caballero inglés podía conseguir a cualquier mujer si se lo proponía.

¿Tenía miedo de que eso ocurriera?, se preguntó a sí mismo. Sí, lo tenía. Siempre lo había tenido, aunque luchaba por mantener las apariencias. Necesitaba la cooperación de Ethan Hayes si iba a sacarlo del yate antes de que Leona lo viera.

De modo que soltó un suspiro, que daba a entender su nulo interés por un enfrentamiento.

—El tiempo es vital —le dijo, y le explicó la verdad a Ethan.

—¿Un complot para deshacerse de ella? —Ethan se quedó petrificado.

—Un complot para usarla como medio de coaccionarme para que haga ciertas concesiones —corrigió Hassan—. Sigo creyendo que no quieren convertir esto en un incidente internacional, por lo que no tienen interés en hacerle daño.

—Su rapto ya es un incidente internacional —señaló Ethan.

—Solo si llega a ser de dominio público. Cuentan con que Víctor y yo guardemos silencio por el bien de Leona.

—¿Lo sabe ella?

—Aún no. Y no lo sabrá si puedo evitarlo.

—Entonces, ¿por qué cree que está aquí?

—¿A ti qué te parece? Mientras esté bajo mi protección nadie podrá tocarla.

La risa de Ethan sorprendió a Hassan.

—Es inútil, Hassan. Leona se resistiría hasta el fin antes de hacer lo que tú quieres que haga solo porque hayas decidido que así debe ser.

—Por eso necesito tu ayuda —replicó Hassan—. Necesito que abandones el yate antes de que ella pueda usar tu salida como excusa para irse contigo.

Al principio Ethan se opuso, pero acabó aceptando, aunque no muy convencido.

–No vuelvas a hacerle daño –le advirtió a Hassan.

–El bienestar de mi esposa ha sido y será siempre lo más importante para mí –respondió él con firmeza.

–Se lo hiciste hace un año –le recordó Ethan clavándole la mirada–. Y un hombre solo dispone de una oportunidad para enmendarlo.

–Permíteme un consejo –le dijo Hassan con ojos brillantes–. No presumas entender una relación matrimonial hasta que no te involucres en una.

–Reconozco a una mujer con el corazón destrozado cuando la veo –insistió Ethan.

–¿Y acaso no ha tenido el corazón destrozado en el año que hemos estado separados?

Aquella replica fue la definitiva. Ethan asintió con la cabeza y se volvió para salir por la puerta y encontrarse con Rafiq.

Al mismo tiempo que Rafiq escoltaba a Ethan a la lancha, Leona se ponía una chaqueta blanca de lino que combinaba con los pantalones blancos también de lino que había elegido. Bajo la chaqueta llevaba un top verde claro, y se había recogido el cabello en una coleta con un pañuelo verde de seda. Al volverse hacia la puerta se dijo que, si conseguía ignorar el dolor interior, podría enfrentarse a Hassan.

Al salir del compartimento se encontró con un hombre barbudo vestido con una túnica blanca y el típico gutrah en la cabeza.

–¡Faysal! –exclamó con sorpresa. Faysal la saludó juntando las manos y haciendo una reverencia. A Hassan le irritaban esas muestras de respeto, pero Leona prefería ignorarlas–. No sabía que estabas en el yate. ¿Estás bien?

—Muy bien, mi señora –respondió él, pero bajo la barba Leona créyó ver que se ruborizaba por la intimidad que ella le demostraba.

—¿Y tu esposa?

—Oh, ella también está muy bien. El… eh… problema que sufría ya ha desaparecido. Le estamos a usted muy agradecidos por asegurarse de que recibiera los mejores cuidados.

—Lo único que hice fue indicarle la dirección correcta, Faysal –dijo Leona con una sonrisa–. Y estoy muy agradecida de que confiara en mí.

—Le salvó la vida.

—Muchas personas le salvaron la vida –Leona traspasó la barrera invisible que los hombres árabes levantaban entre las mujeres y ellos, y presionó sus manos contra las de Faysal–. Pero tú y yo somos buenos conspiradores, ¿eh, Faysal?

—Desde luego, mi señora –estuvo a punto de esbozar una sonrisa, pero estaba tan tenso por el contacto físico que Leona lo soltó–. Si es tan amable de acompañarme –hizo una reverencia–, la escoltaré hasta mi señor Hassan.

«Mi señor Hassan». Leona sintió que el ánimo volvía a decaerle, mientras Faysal la invitaba a bajar los escalones por los que había caído la noche anterior. Al otro lado del vestíbulo había una escalera que conducía a la cubierta superior.

Al llegar arriba, se detuvo para mirar alrededor. El cielo estaba completamente despejado, sobre un mar color turquesa. El sol le dio en la cara y tuvo que entornar los ojos para protegerse del brillo que reflejaba la pintura blanca del yate.

—Veo que has hecho ruborizar a Faysal —dijo una voz profunda.

Leona se dio la vuelta. No vio a Faysal, pero sí a Hassan, sentado junto a una mesa dispuesta para el desayuno a la sombra de una gigantesca lona. Se esforzó por controlar los nervios.

—Detrás del protocolo siempre se esconde un ser humano. Solo tienes que mirarlo.

—Yo no he inventado el protocolo. Han sido generaciones de tradición familiar las que han convertido a Faysal en el hombre que es.

—Te adora como a un dios.

—Y a ti como a su ángel de la guarda.

—Al menos conmigo se siente cómodo para confiarme sus problemas.

—Solo después de que yo le aconsejara que era eso lo que debía hacer.

—Oh… —Leona no se había dado cuenta de eso.

—Vamos, protégete del sol antes de que te quemes.

El sol apretaba con fuerza, pero Leona prefería mantener las distancias.

—Esperaba que Ethan estuviera aquí contigo. Y puesto que no lo está, creo que iré a buscarlo.

En ese momento se oyó el motor de una lancha que se alejaba del yate. Leona se quedó inmóvil, y Hassan supo que había visto a Ethan, quien se despedía con la mano.

—Dile adiós, querida —le dijo Hassan—. Apreciará saber que estás bien.

—Eres una rata —murmuró ella.

—Del desierto —replicó él secamente. Le pasó un

brazo por los hombros e hizo con el otro un gesto de despedida.

Leona también lo hizo, y Hassan no pudo menos que admirarla por ello.

Cuando la lancha se perdió en la distancia, Leona siguió con la vista fija en el horizonte, aferrada a la barandilla con unos dedos que parecían garras.

–Intenta verlo de esta manera –le aconsejó Hassan–. Nos hemos ahorrado otra discusión.

Capítulo 5

ALGUNA vez tendremos que llegar a puerto —dijo Leona fríamente. Se separó de él y se dirigió hacia las escaleras, decidida a encerrarse en el compartimento.

—Vuelve aquí —le ordenó Hassan—. Estaba bromeando. Ya sé que tenemos que hablar.

Pero ambos sabían que no había estado bromeando. Hassan era un monstruo despiadado y egoísta, y ella… Dejó de pensar y de caminar cuando se encontró de frente con un gigante con barba y los aguileños rasgos de un guerrero del desierto.

—Vaya, mira a quién tenemos aquí —dijo ella—. El amigo y conspirador de mi señor jeque.

Rafiq había abierto la boca para saludarla, pero se limitó a hacer una leve reverencia.

—No sé cómo puedes inclinarte ante mí, cuando ambos sabemos que no me tienes el más mínimo respeto —lo acuso ella.

—Te equivocas —replicó él—. Te guardo un profundo respeto.

—¿Incluso cuando me pones un saco por la cabeza?

—El saco fue un mal necesario —explicó—. Brillabas con tanta fuerza que hubieran podido vernos. Aun así, te pido disculpas si mis acciones te ofendieron.

—¿Sabes lo que realmente necesitas, Rafiq al-Qadim? Necesitas a alguien que te busque una esposa. ¡Una mujer que convierta tu vida en un infierno para que no tengas tiempo de entrometerte en la mía!

—Tienes razón de estar enfadada —concedió él—. Lamento de corazón lo del saco y, por favor, ten por seguro que si hubieras caído al mar, habría saltado por ti.

—Pero no antes que yo, creo —dijo Hassan en tono impaciente—. Leona, sal del sol. Es absurdo que te quemes solo porque estés enfadada.

Leona no se movió, pero sí lo hizo Rafiq. En dos zancadas se puso junto a ella y la protegió del sol con su impresionante sombra, lo que irritó más a Hassan.

—Seguro que tienes una razón mejor para estar aquí, Rafiq.

—Desde luego. El jeque Abdul quiere hablar urgentemente contigo.

—¿Está preocupado? —preguntó Hassan con una leve sonrisa.

—Cubriéndose las espaldas.

—Entonces puede esperar a que acabe mi desayuno —dijo volviendo a la mesa—. Leona, si no vienes enseguida tendrás que atenerte a las consecuencias.

—¿Ahora me vienes con amenazas?

—Dile al jeque que hablaré con él más tarde —le dijo a Rafiq, ignorando la pregunta.

Rafiq dudó. Prefería quedarse protegiendo a Leona del sol, pero tenía que entregar el mensaje de Hassan. Estaba dividido entre dos lealtades. Leona vio que Hassan estaba poniéndolo a prueba, y decidió ponérselo fácil. Se acercó a la mesa, por lo que Rafiq hizo una reverencia y se marchó.

–Gracias –dijo Hassan con una sonrisa fugaz.

–No tenías que desafiarlo a hacer eso –lo reprendió–. Ha sido un abuso de tu autoridad.

–Tal vez, pero todo tiene su fin.

–¿El fin de recordarle su lugar en la vida?

–No, el fin de recordarte a ti el tuyo –la miró con dureza–. Los dos ejercemos el poder a nuestra manera, Leona. Tú has demostrado el tuyo permitiendo que Rafiq se marchara con el orgullo intacto.

Tenía razón, aunque ella no quisiera admitirlo.

–A veces eres muy cruel –le espetó, y para su sorpresa Hassan se echó a reír.

–¿Me llamas cruel a mí después de haberle amenazado con una esposa? Él ya tiene una mujer –le confesó–. Una española morena, con ojos color rubí y piel dorada –le desabrochó la chaqueta y se la quitó mientras hablaba–. Es bailadora de flamenco y famosa por encender los deseos masculinos con su peculiar estilo de seducción –le rozó con los labios la esbelta curva del hombro–. Pero Rafiq asegura que nada es comparable a cuando baila solo para él.

–¿La has visto bailar? –antes de que se diera cuenta, se había vuelto para mirarlo con un brillo de celos en sus ojos verdes.

–Eres tan posesiva que puedo sentir las cadenas alrededor de mi cuello –dijo él arqueando una ceja.

–Y tú eres un engreído.

–¿Porque me gusten las cadenas?

No era justo, pensó ella. Podía seducirla en cuestión de segundos.

–Prefiero té en vez de café –murmuró, decidida a no dejarse vencer.

Él soltó una cálida carcajada, divertido por la ingenuidad de sus tácticas esquivas. Pero de repente dejó de reír y soltó un grito ahogado.

—¡Estás herida! —exclamó al ver la magulladura en el hombro.

—No es nada —intentó no darle importancia, pero Hassan se puso a examinar con cuidado cada palmo de piel expuesta.

—¿He sido yo o la caída?

—La caída, desde luego —respondió con el ceño fruncido. Hassan jamás le había dejado una marca.

—¿Tienes más?

—Una pequeña, en la cadera derecha —no le dijo nada del dolor en el costado de la cabeza, porque sabía que Hassan no estaba preparado para oírlo—. ¿Por qué no lo dejas de una vez? —le preguntó cuando él empezó a desatarle los pantalones—. ¡No es nada!

Pero él no escuchaba. Los pantalones cayeron al suelo, y con los dedos levantó el borde de las braguitas para inspeccionar la zona.

—Me tienes a tus pies —le dijo a modo de disculpa.

—Ya lo veo —dijo ella con voz temblorosa—. Ahora levanta y deja que me vista. ¡Puede venir alguien, por amor de Dios!

—No, si le tienen aprecio a sus vidas —respondió él, pero le subió los pantalones.

Por desgracia, Faysal escogió ese momento para hacer una de sus silenciosas apariciones. Leona ya estaba cubierta, pero no le resultó difícil imaginar lo que Faysal debía de estar pensando. El color de sus mejillas hablaba por sí solo.

—¡Espero que esta interrupción merezca la pena! —le espetó Hassan.

—Mis más sinceras disculpas —dijo Faysal postrándose en una profunda reverencia. Leona pensó que se iba a arrojar a sus pies–. Su honorable padre, el jeque Jalifa, desea hablar con usted inmediatamente, señor.

Hassan agarró a Leona y la hizo sentarse en una silla.

–Faysal, mi esposa desea tomar té –Faysal corrió a cumplir la orden–. Come –le ordenó a Leona sin mirarla. Ella casi sonrió, al verlo tan desconcertado.

Él la besó en los labios y se marchó, con la promesa de volver enseguida.

Pero los minutos pasaron y Hassan no volvía. Cuando estaba terminando el desayuno, apareció Rafiq y le comunicó que Hassan estaba ocupado con asuntos de estado.

«Asuntos de estado» siempre habían significado horas y horas de ausencia.

–¿Te importa si te hago compañía? –le preguntó Rafiq.

–¿Órdenes de estado? –le preguntó secamente, pero él le sonrió y ella le indicó una silla . Háblame de tu amante española.

Rafiq dejó escapar un suspiro y se quitó el gutrah. Era un gesto que podía significar muchas cosas: cansancio, furia, represión, o, en ese caso, aceptación de la derrota.

–Hassan ha perdido la razón –se quejó.

–Pero aun así lo amas sin reservas, Rafiq, hijo de Jalifa al-Qadim.

Él arqueó una ceja. En algunas cosas era tan parecido a Hassan que hubieran podido ser gemelos.

–Hijo bastardo –la corrigió él–. Y tú también lo amas, así que no hablemos de eso.

Rafiq era el hijo de una hermosa amante francesa

del jeque Jalifa, quien había muerto al darle a luz. Hassan solo era seis meses mayor que él, por lo que tan escasa diferencia de edad tendría que haberlos hecho enemigos irreconciliables, por tener uno lo que el otro jamás tendría. Pero los dos hombres no podrían haberse querido más ni aunque hubieran sido hijos de la misma madre. Juntos habían formado una alianza en la que descansaba el poder de su padre, y en la que también se protegió Leona.

—Convéncelo para que me deje marchar —le pidió con calma.

—Te ha echado de menos.

—Convéncelo —insistió.

—Se sentía solo sin ti.

—Por favor… —la voz se le quebró al tragar saliva.

Rafiq alargó un brazo y le apretó la mano.

—Es imposible —le dijo, y ella lo creyó.

Rafiq se puso en pie y la hizo levantarse.

—¿Adónde vamos?

—A dar una vuelta por el barco, con la esperanza de que la diversión te haga olvidar tu intención de derribar mis defensas.

Leona sabía que nadie había podido nunca derribar las defensas de Rafiq, pero no discutió, y él volvió a ponerse el gutrah, ofreciendo otra vez su aspecto orgulloso.

—Si eres tan amable de precederme, mi señora, iremos por un sombrero antes de empezar.

Varias horas más tarde estaba acostada en una tumbona de cubierta. Se había puesto un biquini blanquinegro y una camiseta blanca. Rafiq le había enseñado casi todos los rincones del yate, y le había presentado al capitán, Tariq al-Bahir, el único árabe en una tripulación compuesta por veinte españoles.

Luego, había almorzado con Rafiq y con Faysal. Cuando se quedó sola por la tarde, Leona no pudo dejar de imaginarse a Hassan en su despacho, tratando los «asuntos de estado». Cerró los ojos y lo vio rodeado por el teléfono, el fax, el ordenador… Recordó su impaciencia cada vez que ella lo había interrumpido tiempo atrás para recordarle la hora o para insistirle en que tomaran juntos un café, y el suspiro de sumisión, cuando finalmente se relajaba.

Recordó cómo se acomodaban en los sillones junto a la ventana del despacho… los dos mismos sillones que estaban estratégicamente colocados en el compartimento privado del yate. El corazón le dio un vuelco, e intentó no pensar en lo que se moría por hacer.

Hassan pensaba de forma similar, tendido en una tumbona junto a ella. Leona estaba dormida, y no se había enterado de que él estaba allí. No lo había interrumpido ni una sola vez en las horas que había estado encerrado en su despacho.

¿Había esperado que lo hiciera?, se preguntó a sí mismo. Tuvo que reprimir un suspiro, porque no quería despertarla. Todavía tenían cosas de las que hablar, pero cuanto más las postergara, mejor. Estaba seguro de que a ella no iban a gustarle.

Cerró los ojos y reflexionó sobre los asuntos que lo habían mantenido ocupado. El estado de Rahman se componía de varias familias tribales. Los al-Qadim y los al-Mukhtar contra los al-Mahmud y los al-Yasin. Para preservar el equilibrio de poder y evitar una guerra, Hassan se había visto forzado a aceptar un compromiso con la ayuda de un viejo amigo.

El bostezo de Leona le hizo abrir los ojos, a tiempo de ver cómo se estiraba sinuosamente. Era tan esbelta y hermosa, de proporciones y rasgos tan perfectos; con una boca que invitaba a besarla con solo mirarla y…

No pudo aguantarlo más. Se levantó y se inclinó para tomarla en brazos.

Ella se despertó de golpe y lo miró furiosa.

–¿Qué haces? –protestó–. Estaba muy cómoda aquí…

–Lo sé, pero yo también quiero estar cómodo, y no lo estaba –la llevó al vestíbulo y subió los escalones–. Abre la puerta –le ordenó, y se sorprendió al ver cómo ella obedecía sin rechistar. Al entrar, cerró la puerta con el pie y la vio mirar hacia la cama, pero la llevó hasta los sillones y la sentó en uno de ellos.

–Supongo que tendrás una buena razón para traerme aquí.

–Sí –se sentó en el otro sillón y la miró a los ojos. Aquellos hermosos ojos verdes que siempre intentaban ocultar los sentimientos, sin éxito–. Tenías razón –empezó con una confesión–. Se me ha presionado para que tome a otra esposa…

Leona tendría que habérselo esperado. Siempre lo había temido; entonces, ¿por qué se sentía cómo si le hubiera clavado un puñal?

–¿Y tú has aceptado? –consiguió preguntar.

–No –negó con firmeza–. Por eso estás conmigo ahora. Y por eso tienes que quedarte –hizo una pausa antes de seguir–. Se tramó un complot para secuestrarte. La intención era utilizarte como arma para que yo diese mi brazo a torcer. Cuando lo descubrí, decidí frustrar sus planes raptándote yo mismo.

–¿Quién fue? –susurró ella, pero tenía el horrible presentimiento de saber la respuesta.

–¿Quién organizó el complot? Aún estamos intentando confirmarlo. Pero, fuera quien fuera, estaban vigilando tu casa la otra noche, esperando a que tu padre y Ethan se marcharan a la fiesta en el yate de Petronades. Entonces hubieran ido por ti.

–Sabía que alguien me observaba –recordó ella con un estremecimiento–. Podía sentirlo.

–Sí, me figuraba que podrías –la alabó él–. Es el entrenamiento que te inculcamos, y nunca lo has olvidado.

–Pero eso era diferente –se levantó y se abrazó–. ¡Tendría que haberlo tenido en cuenta!

–No… no te preocupes –Hassan también se levantó y la abrazó. Estaba pálida y temblorosa–. Mi gente también te observaba –le aseguró–. El chófer era de los míos, y también el guarda de la puerta. No hubo ni un solo momento en el que no estuvieras a salvo.

¡Pero eso no quita que quisieran secuestrarme! –gritó llena de dolor–. ¿Qué le pasa a tu gente que no pueden actuar de un modo normal? –le espetó–. ¡Tendrías que haberme llamado a mí, no a mi padre! ¡Y, en primer lugar, tendrías que haber aceptado el divorcio! ¡Nada de esto habría pasado!

–Tú también formas parte de mi gente –le recordó él con voz cortante. La mención del divorcio lo había puesto rígido.

–¡No, yo no! ¡Solo soy una persona normal que ha tenido la desgracia de enamorarse de alguien extraordinario!

–Al menos no podrás negar que amas a esa persona extraordinaria –replicó él con arrogancia–. Y no me mires así. ¡No soy tu enemigo!

–¡Sí que lo eres! –¿por qué tendría que haberse fijado en alguien así?–. ¿Y qué pasa ahora? ¿Voy a tener que pasarme el resto de mi vida escondiéndome solo porque tú eres demasiado cabezota para dejarme marchar?

–Claro que no –frunció el ceño con impaciencia–. Deja de complicar más las cosas…

–Pero, ¿cómo crees que me sienta saber que no estaba segura por las calles de San Esteban? ¿Que mi vida y mis derechos humanos dependían de los juegos de alguna mente retorcida?

–Siento que se haya llegado a esto…

–¡Pues tú no eres mejor que ellos! Hasta hoy, has usado el rapto, la seducción y la intimidación para recuperar a tu esposa. ¿Se supone que debo sonreír a las cámaras ocultas, para que todo Rahman sepa lo fuerte que eres? ¿Tengo que permitir que Rafiq me encierre en un saco, y postrarme a tus pies para salvar tu dignidad?

–Sigue hablando así y te aseguró que te arrepentirás –le advirtió con voz adusta.

–¡Me arrepiento de haberte conocido! –los ojos le ardían de furia y todo el cuerpo le temblaba–. ¡Seguro que lo próximo será encerrarme en prisión hasta que aprenda a comportarme!

–Esta es tu prisión –respondió él extendiendo los brazos. Ahora deja de gritarme como una verdulera. Tenemos que…

–¡Quiero recuperar mi vida sin ti! –lo cortó ella.

Entonces se encontró con el príncipe. El rostro de Hassan, los ojos, su expresión… todo cambió con un solo pestañeo. Flexionó los hombros, como si fuera un águila amenazadora extendiendo las alas, y a Leona se le pusieron los pelos de punta al contemplar la metamorfosis. De pronto era como si la presencia de Hassan llenara la habitación.

–Quieres vivir sin mí –dijo–. Pues hazlo. Te dejaré marchar y te concederé el divorcio. Ya está hecho, *inshallah* –cruzó la habitación y ordenó que llevaran té.

«Inshallah». La palabra dejó petrificada a Leona. «Si Dios quiere». La voluntad de Alá. Una decisión que implicaba el final. Hassan había accedido a dejarla marchar, y ella no podía moverse ni respirar ante el poder que emanaba aquel decreto.

Leona no se lo merecía, pensó Hassan mientras miraba el teléfono. Estaba furiosa, dolida, conmocionada… Y tenía todo el derecho a estarlo y a desahogarse. Por eso había querido contarle la verdad en privado.

Una parte de la verdad, al menos. El resto tendría que esperar, porque…

¡Demonios, él también estaba furioso! No había otra persona en el mundo que se atreviera a hablarle así.

La miró, pero ella no se movió. Tenía el pelo despeinado, estaba descalza y tenía los brazos y piernas descubiertos. Parecía una estatua.

Y a él le gustaba. Su cuerpo reaccionó a aquella visión, reemplazando la furia por curiosidad. Siempre lo había embelesado, ya estuviera enojada o triste, ya fuera apasionada o fría.

Inshallah. Era la voluntad de Alá que él amara a aquella mujer sobre todas las otras. ¿Dejarla marchar? ¡No mientras pudiera impedirlo!

Agarró un camello de piedra arenisca, lo sostuvo unos segundos y lo volvió a soltar. El silencio era tan denso que casi podía palparse.

«Dime algo, háblame», deseó para sí. «Demuéstrame que mi mujer sigue viva tras esa fachada de hielo». Pero su orgullo le impedía pronunciar esas palabras.

Un golpe en la puerta le indicó que el té había llegado. Ella no se movió, mientras él abría y recogía la bandeja que llevaba el camarero, ni cuando la dejó en una mesita y la miró.

Inshallah, pensó de nuevo, y abandonó la lucha. Caminó hacia ella y le puso una mano en la mejilla, le acarició la garganta con el pulgar y le hizo levantar el rostro.

Ella lo miró fijamente y tomó una profunda inspiración antes de hablar.

–Ten cuidado con lo que deseas –le susurró.

–Si el amor pudiera hacerse o encargarse, seguiríamos aquí –le respondió él gravemente.

Entonces el hielo se derritió, las puertas se abrieron, y ella le echó los brazos al cuello, hundió la cara en su pecho y empezó a llorar.

¿Qué hacer con una mujer con el corazón destrozado? Llevarla a la cama, hacerle el amor hasta que no importara nada más. Y luego afrontar la realidad.

El crepúsculo oscurecía la habitación, derramando sobre ellos sus sensuales colores. Después de hacer el amor, él la llevó a la ducha y allí siguieron amándose. Se lavaron y se secaron el uno al otro sin dejar de besarse. Sin decir nada. Era mejor no arriesgarse con la intromisión de las palabras.

–¿Y ahora qué? –preguntó Leona finalmente.

–Navegaremos por el océano en nuestra isla particular, lejos del resto del mundo.

–¿Por cuánto tiempo?

–Todo el que sea posible –no tuvo el valor de darle otra respuesta.

Era un error, pero los dos pretendieron creer que todo era maravilloso. Como una segunda luna de miel. Rieron y disfrutaron como dos recién casados. Los asuntos de estado se relegaron a un segundo plano, por detrás de otras ocupaciones más placenteras. Hicieron *windsurf* en las costas griegas, bucearon sobre los restos de naufragios, montaron en motos acuáticas en remotas partes del Mediterráneo...

Pasaron las semanas y Leona recuperó el peso que había perdido durante los meses que pasó sin Hassan. Su piel adquirió además un saludable bronceado. Cuando los asuntos de estado eran urgentes, Rafiq estaba siempre dispuesto para sustituir a Hassan.

Y entonces ocurrió. En una calurosa tarde, cuando Hassan se encerró en su despacho, y Faysal, Leona y Rafiq estaban leyendo tranquilamente en cubierta, Leona levantó la vista y recibió el impacto de su vida al ver tierra.

–Oh, Dios mío –se levantó y se acercó a la barandilla–. ¿Dónde estamos, Rafiq?

–Al final de nuestro tiempo a solas –respondió una voz profunda.

Capítulo 6

LEONA se volvió y vio a Hassan.

–Si me excusáis –dijo Rafiq levantándose, y se marchó.

Hassan iba vestido con pantalones cortos y una camiseta, pero su tensión era palpable. Sostenía en la mano un bolígrafo de oro, lo cual indicaba que había salido a toda prisa de su despacho.

–Hemos llegado antes de lo previsto.

–Me resultaría de gran ayuda saber dónde estamos –dijo ella.

–En Port Said –respondió él, y puso una mueca de dolor que más o menos decía el resto.

Port Said era la entrada al Canal de Suez, que unía el Mediterráneo con el Mar Rojo. Si iban a cruzarlo solo podía significar una cosa: Hassan estaba listo para volver a casa, con lo que su paraíso particular se desintegraría.

Soltó el bolígrafo en la tumbona donde Leona había estado y se sentó en una silla con un suspiro.

–Siéntate conmigo –le pidió a Leona.

–Antes cuéntamelo –dijo ella cruzando los brazos al pecho.

–No me lo pongas difícil. No quiero que haya distancia entre nosotros cuando te hable.

Pero ella no quería estar a su alcance cuando se lo contara.

—Vas rumbo a casa, ¿verdad?

—Sí —confirmó él.

—Así que las vacaciones se han acabado —dijo ella con una risa amarga.

Hacía calor y el sol brillaba con fuerza, pero ella sentía frío y oscuridad. Aquello era el final.

—¿Cómo vas a hacerlo? —le preguntó—. ¿Vas a dejarme en el muelle con la misma ropa con la que llegué y a decirme adiós desde cubierta? ¿O me he ganado el billete de vuelta a San Esteban?

—¿De qué estás hablando? —le preguntó él, ceñudo—. Eres mi esposa, pero te comportas como una amante.

Eso era lo que había sido durante las dos últimas semanas, pensó Leona.

—*Inshullah* murmuró.

El sarcasmo hizo que Hassan se pusiera en pie y fuese hacia ella. Leona sintió que se le aceleraba el corazón y se maldijo a sí misma por ser tan débil ante el deseo sexual. Pero, ¿cómo mantenerse fría ante un metro ochenta de puro músculo?

Hassan puso un brazo a cada lado y la miró fijamente. Ella podía sentir en el rostro el calor de su respiración.

—Una amante sabe cuándo debe mantener la boca cerrada, y una esposa le concede a su marido el honor de escucharlo antes de emitir conclusiones equivocadas.

—Acabas de decirme que nuestro tiempo se ha acabado —le recordó ella—. ¿Qué más tienes que decir?

—Lo que he dicho ha sido que nuestro tiempo a solas se ha acabado –la corrigió él. La soltó de la barandilla y la hizo sentarse junto a la mesa. Él se sentó a su lado, tan cerca que tuvo que abrir las piernas para sujetar las suyas–. Y ahora escúchame, porque esto es muy importante y no quiero distraerme con comentarios insignificantes –ella quiso protestar pero él le puso un dedo en los labios–. Sabes que mi padre siempre ha sido tu aliado más fuerte, y por él voy a hablar... –la mención del jeque Jalifa hizo que la expresión de Leona se ensombreciera con preocupación–. A medida que su salud empeora, se preocupa más y más por el futuro de Rahman. Y no solo por eso. Se preocupa por ti, por mí, y por las decisiones que me vea obligado a tomar por el bien del país.

–¿Quieres decir que has considerado la posibilidad de renunciar a tu derecho de sucesión? –le preguntó Leona, sorprendida.

–Es una opción –confesó él–. Y será muy atractiva cuando descubra el complot contra ti, que es lo que mucha gente espera –añadió con ironía–. Pero le he asegurado a mi padre que no voy a apartarme de mi deber, por lo que le preocupa que me vea forzado a sacrificarte por conseguir el equilibrio. Eso me dejaría en una situación angustiosa.

–Lo siento.

–No quiero tu compasión. Quiero tu ayuda –le dijo, con una dureza que revelaba su disgusto por confesarlo–. Él te quiere, Leona. Te ha echado mucho de menos desde que te fuiste de Rahman.

–Pero yo no lo abandoné del todo, Hassan –se excusó ella–. Me he comunicado con él todos los días mediante internet –incluso en el yate había usado el ordenador de Faysal para acceder a su correo electrónico–. Incluso leo los mismos libros que él para que podamos hablar de ellos. Y…

–Lo sé –la interrumpió Hassan con una triste sonrisa–. Me confía todo lo que le dices, por lo que es consciente de ser un tirano que abusa de su autoridad y un hombre sin principios.

–Le dije esas cosas para hacerlo reír –dijo ella.

–Eso también lo sé –le aseguró, y le pasó un dedo por las mejillas–. Pero la verdad es que tu comunicación con él es mil veces más dulce que la que tienes conmigo.

Se refería a las cartas que su abogado le había mandado pidiendo el divorcio.

–Lo nuestro se había acabado –le recordó ella–. Tendrías que haberlo dejado como estaba.

–No se ha acabado, y no puedo dejarlo como estaba.

–Tu padre…

–Te necesita. Y yo necesito que me ayudes a aliviar su preocupación. Por eso te pido que nos reconciliemos. Por el bien de mi padre si no puede ser por el tuyo y el mío.

Leona no era ninguna tonta, y sabía lo que Hassan estaba ocultando.

–¿Durante cuánto tiempo?

–Los médicos le han dado dos meses… tres como mucho. También nos han advertido de un rápido deterioro a medida que se acerque al final. Por esto te pido que lo hagas, para ayudarlo a que su salida de este mundo sea apacible.

Oh, Dios, pensó Leona llevándose una mano a los ojos. ¿Cómo iba a negarse? Amaba al anciano jeque tanto como a su propio padre. Pero aún no estaba dicho todo…

–Y esa otra esposa que quieren para ti –le dijo–, ¿también tengo que aceptar su inminente llegada?

La expresión de Hassan se ensombreció.

–Concédeme el honor de tener algo de sensibilidad –le espetó–. No tengo el menor deseo de sacrificarte por mí. Y me resulta muy ofensivo que sospeches lo contrario.

Aquello era muy noble por su parte, pero...

–Ella sigue ahí, Hassan, oculta en las sombras –podía hasta ponerle un nombre–. Y llevarme de vuelta a Rahman no solucionará tus problemas con las otras familias a menos que tomes a tu segunda esposa.

–Los ancianos y yo hemos llegado a un acuerdo. Por respeto a mi padre, dejarán las cosas como están mientras siga vivo.

–¿Y después?

–Me ocuparé de ello cuando suceda, pero durante los próximos meses la tranquilidad de mi padre es lo primero. ¿Lo harás?

–¿De verdad piensas que podría negarme a hacerlo? –preguntó ella. Separó la silla y se levantó.

–Estás enfadada –le dijo mirándola a los ojos.

Pero el enfado no cubría lo que realmente estaba sintiendo.

–En principio acepto a desempeñar el papel de la esposa complaciente –declaró–. Pero ahora voy a permitirme estar de mal humor. Porque no importa por qué lo hayas hecho, Hassan. Eres culpable por haberme usado del mismo modo que planeaban los otros, y esto no te hace mejor que ellos.

Se dio la vuelta y se marchó. Hassan se lo permitió, porque sabía que estaba diciendo la verdad y que no podía ser rebatida.

A los pocos segundos apareció Rafiq, con una expresión interrogante.

—No preguntes —le advirtió Hassan—. Y ella aún no sabe ni la mitad.

—¿Qué mitad es la que sabe? —se aventuró a preguntar Rafiq.

—Lo que viene a continuación —respondió, y maldijo en silencio al ver lo cerca que estaban del puerto—. ¿Cuánto tiempo queda?

—Tienes una hora antes de que empiecen a llegar los primeros invitados.

Una sola hora para hablar y aclararlo todo…

—Será mejor que te prepares para sustituirme, Rafiq —dijo entre dientes—. Porque en este momento estoy considerando la posibilidad de irme con mi esposa y olvidar que la sangre de al-Qadim fluye por mis venas.

—No creo que nuestro padre apreciara esa decisión —comentó Rafiq.

—No hace falta que me lo recuerdes.

—Solo hablaba por mí mismo. Porque no tengo el menor deseo de sustituirte, mi señor jeque.

—Entonces, ¿cuál es tu deseo?

—Ah… —Rafiq suspiró—. Desearía estar con mi mujer en un hotel de Port Said. Y que esta noche ella bailara para nuestros invitados, y luego solo para mí, para que yo cayera rendido a sus pies. Y la estaría adorando hasta el amanecer, antes de volver aquí a servirte, mi señor jeque —concluyó con una reverencia burlona.

A pesar de su malhumor, Hassan no pudo reprimir una sonrisa.

—Deberías cambiar tus planes y traerla a cenar —le sugirió—. Causaría sensación, y yo lo apreciaría.

–¿Y Leona?

–Leona no puede apreciar nada ahora –respondió poniéndose serio, y se marchó en busca de su esposa.

La encontró en el cuarto de baño. Había cerrado la puerta, sin echar el pestillo, y se estaba duchando.

Hassan dudó. ¿Debería esperar en el dormitorio hasta que saliera, o entrar por ella? La duda no duró mucho, ya que enseguida comenzó a desnudarse. No era el momento para andarse con tonterías. Leona había aceptado «en principio», por lo que tenía que aprender las consecuencias. Entró en el baño y cerró la puerta a su paso.

La vio en la ducha, lavándose la cabeza, con chorros de espuma y burbujas cayendo por su piel dorada.

Hassan sintió que su cuerpo despertaba, y se permitió una sonrisa al pensar en lo fácil que sería poseer a aquella pequeña criatura. Entonces ella notó su presencia y abrió los ojos.

–¿Y ahora qué quieres? –preguntó de mala manera.

Hassan no se molestó en contestar, ya que la respuesta era obvia. En vez de eso se echó un generoso chorro de jabón líquido en la mano y empezó a masajearle la piel. Ella retiró las manos del pelo y se las puso en el pecho, intentando separarlo.

–Gracias –dijo él, y se extendió con calma el jabón sobre su propio pecho–. ¿No crees que al compartir una tarea se hace más agradable?

–Lo que creo es que eres un odioso engreído, y quiero que salgas de aquí –le espetó fríamente.

–Cierra los ojos si no quieres que te entre champú –le aconsejó él.

Cuando ella levantó una mano para apartarse la espuma de la frente, él alargó un brazo y dirigió el chorro de la ducha hacia su cara. Y entonces aprovechó su desconcierto para besarla en la boca.

Durante un delicioso momento se permitió creer que había conseguido una fácil conquista. Pero el codazo que recibió en las costillas y el mordisco en el labio inferior lo hicieron retirarse. A Leona le ardían los ojos al mirarlo.

—Estás jugando con fuego, jeque —le avisó.

—¿Ah, sí? —preguntó él con la ceja arqueada, y le pasó una mano por el vientre.

—No tengo nada que decirte. Así que, ¿por qué no me dejas en paz?

—No estoy diciendo que hablemos —replicó él, y siguió bajando la mano.

—¡Pues tampoco vamos a hacer eso otro! —se retorció como una serpiente y se arrinconó en la esquina de la ducha. Con un brazo se cubrió los pechos y con el otro las partes íntimas inferiores. Parecía una virgen, aunque era una visión engañosa.

—De acuerdo —frunció el ceño y le concedió aquel tanto. Siguió enjabonándose, intentando ignorar la creciente erección—. De todos modos, no tenemos tiempo. Nuestros invitados llegarán dentro de una hora.

—¿Invitados? ¿Qué invitados?

—Los invitados que vamos a llevar a Rahman para celebrar el trigésimo aniversario de mi padre en el trono, que será dentro de diez días —explicó con calma mientras se enjuagaba—. Ven, quítate el champú de la cabeza —se movió para hacerle sitio bajo el chorro.

Pero ella no se movió. Se había quedado atónita al recibir la noticia.

—¿Desde cuándo sabías que íbamos a tener invitados?

–Desde hace un tiempo –agarró el mango de la ducha y, tirando de ella hacia él, le quitó el champú él mismo.

–¿Y no has creído oportuno decírmelo hasta ahora?

–Creía más oportuno disfrutar de mi tiempo contigo –le dijo mientras le alisaba el pelo con el agua–. ¿Por qué? ¿Saberlo habría afectado a tu decisión de regresar a Rahman?

Leona no lo sabía ni quería saberlo. Unos minutos antes el ligero tacto de Hassan había bastado para encenderla de deseo, pero en esos momentos toda pasión había muerto.

Hassan terminó de enjuagarla, la sacó de la ducha y la envolvió con una toalla.

–Y el resto de este viaje… –dijo Leona–, y la celebración de tu padre… ¿Me vas a mostrar en público por alguna razón en concreto?

–Hay que demostrarle a algunas personas que no voy a permitir ninguna imposición –respondió él sin mirarla–. Y mi padre te quiere allí. Este será su último aniversario. No voy a negarle nada.

Por petición de Hassan, Leona se puso una túnica blanca de seda adornada con lentejuelas perladas que relucían con cada movimiento. De acuerdo a la tradición árabe, la túnica tenía el escote alto, mangas largas y unos pantalones interiores para cubrir las piernas. En la cabeza llevaba un pañuelo de seda, bajo el cual le habían recogido el cabello. El maquillaje era muy discreto, con una ligera capa de rímel y un suave toque de pintalabios.

A su lado estaba el príncipe, vestido con una túnica blanca, una capa dorada y un gutrah blanco sujeto por tres anillos de oro. Al otro lado, y un paso por detrás de ella, estaba Rafiq, vestido igual que su hermano, pero sin los anillos en el gutrah.

El jeque Hassan ben Jalifa al-Qadim y su esposa Leona al-Qadim estaban listos para recibir a sus invitados, ya fueran amigos o enemigos.

Rafiq era su guardián, su protector, su hermano y amigo. Poseía su propio título, aunque nunca lo había usado. Tenía el derecho de llevar los anillos dorados en el gutrah, pero nadie se los había visto nunca. Su poder estribaba en la indiferencia que mostraba hacia todo aquello que no le interesase. Y su amenaza emanaba de la certeza de que daría su vida por las dos personas que tenía delante y por su padre.

Y eso tenían que tenerlo muy claro las dos primeras personas que llegaron al yate: el jeque Abdul al-Yasin y su esposa Zafina. Tanto Hassan como Rafiq sabían que Abdul estaba detrás del complot para raptar a Leona, pero el jeque desconocía que lo sabían. Por eso había accedido a hacer aquel crucero por el Mar Rojo, durante el cual tenía la intención de obligar a Hassan a tomar a esa segunda esposa.

Lo que nadie sabía era que Leona sospechaba que el jeque Abdul había sido quien preparó su rapto. Y lo sabía porque Nadina, la hermosa hija del jeque, era la elegida para convertirse en la segunda esposa de Hassan.

—¡Ah… Hassan! —los dos hombres se estrecharon la mano con cordialidad—. Te complacerá saber que he dejado a tu padre en buenas manos. Lo vi esta mañana antes de tomar el avión hacia El Cairo.

—Tengo que agradecerte que le hayas hecho compañía en nuestra ausencia —dijo Hassan.

–No, no, en absoluto –rechazó Abdul–. Ha sido un honor… Leona –se volvió hacia ella, pero hizo una reverencia sin ofrecer contacto físico, como mandaba la tradición árabe–. Has estado fuera mucho tiempo. Es un placer verte de nuevo.

–Gracias –consiguió esbozar una sonrisa, y reprimió el deseo de buscar la mano de Hassan. Hubiera sido una grave muestra de debilidad.

–Rafiq –Abdul lo saludó con un asentimiento–. Parece que sacrificaste a tu ganado en Schuler-Kleef.

–Seguí un consejo, señor –respondió Rafiq con respeto–. ¿Cómo es que no lo compró usted mismo?

–Lo olvidé.

Mientras tanto, la esposa de Abdul, Zafina, permanecía callada detrás de su marido. Leona se había acostumbrado hacia tiempo a que las mujeres de Rahman no hicieran notar su presencia cuanto estaban en compañía de hombres.

Pero esa aparente discreción solo duraba hasta que las mujeres se encontraban solas. Entonces cada una sacaba a la luz su sorprendente personalidad. Algunas eran simpáticas y amables, algunas frías y distantes, algunas alegres y divertidas… Zafina era una mujer que sabía cómo usar su poder, y no dudaba en hacerlo si le servía para conseguir un objetivo. Gracias a su mente lista y aguda, su hijo se había casado con la hija favorita de otro jeque.

Había elegido a Hassan para desposar a su hija, Nadira, desde el día en que nació. Por eso no podía tenerle aprecio a Leona, quien podía sentir su rencor.

–Zafina –dio un paso adelante, decidida a mantener la cortesía–. ¿Cómo estás? Gracias por haber sacado tiempo para estar aquí.

—El placer es todo mío, señora —respondió la anciana—. Has perdido peso, por lo que veo —añadió, aprovechando que su marido estaba hablando con Hassan—. El jeque Jalifa me dijo que habías estado enferma.

Alguien tendría que habérselo dicho, pero seguro que no había sido el padre de Hassan. Por suerte, llegaron otros invitados: el jeque Jibril al-Mahmud y su tímida esposa Medina, quien miraba a su marido antes de atreverse a respirar.

A continuación llegaron el jeque Imran al-Mukhtar y su hijo menor, Samir, que provocó una sonrisa en todos, ya que se saltó las rígidas formalidades y fue directamente hacia Leona.

—¡Princesa! —la saludó, al tiempo que la abrazaba y le hacía dar vueltas.

—Suéltala —lo reprendió su padre—. Rafiq te mira con malos ojos.

—¿Y Hassan no? —preguntó Samir.

—Hassan sabe lo que es suyo, pero el guardián es Rafiq. Y, además, todo el mundo desaprueba tu comportamiento.

Las familias al-Qadim y al-Mukhtar formaban un bloque contra el formado por las familias al-Mahmud y al-Yasin, por lo que el viaje prometía ser interesante. Por primera vez en las últimas dos semanas usaron el comedor principal, con una legión de camareros a su servicio. La conversación transcurrió agradablemente, en gran parte gracias a Samir, que se negó a que los otros hombres entablaran discusiones serias. Incluso las mujeres se relajaron ante su encanto infantil.

Pero Leona permanecía callada y solo hablaba cuando se dirigían a ella. Desde el otro extremo de la mesa Hassan la observaba comportarse como una perfecta anfitriona, y fue él único que percibió su preocupación e inquietud.

Su mirada era triste. Él le había hecho daño al revelarle la verdad, y allí estaba, fingiendo que todo era perfecto entre ellos, cuando lo que de verdad quería era matarlo por haberla hecho esperar hasta el último minuto.

Se le encogió el corazón cuando la vio reír mientras le daba un cariñoso cachete a Samir por haber dicho algo escandaloso. Con él no se había reído desde la primera noche que compartieron tras su larga separación. No importaba cuánto hubiera sonreído o disfrutado durante las últimas semanas. Había algo en ella que a Hassan se le escapaba.

«Te quiero», quería decirle. Pero el amor no significaba mucho para una mujer que se sentía atrapada entre la espada y la pared.

Entonces notó que se hacía un repentino silencio en la mesa. Vio a Leona con la vista en el plato y a Samir mudo de preocupación. ¿Qué había pasado? ¿Qué se había dicho? Rafiq lo miraba, buscando consejo. Tuvo el terrible presentimiento de que se había perdido algo importante, y no se le ocurrió nada que decir.

Afortunadamente, su hermano tomó la iniciativa.

—Leona, seguro que me entenderás si te ruego que me des tu permiso para marcharme —le pidió con suavidad.

Leona levantó la vista e hizo un esfuerzo supremo por recuperar la compostura.

—Sí, desde luego, Rafiq —contestó.

—Tengo que hablar contigo antes de que te vayas —le dijo Hassan a Rafiq—. Samir, haz los honores y llena de vino la copa de mi esposa.

El pobre joven estuvo a punto de volcar la botella,

aliviado de poder hacer algo. Rafiq pasó junto a Hassan con una expresión furiosa en el rostro, y él vio cómo Leona le daba a Samir un golpecito en la cabeza, como diciéndole que todo estaba bien.

–¿Se puede saber qué me he perdido? –le preguntó a Rafiq en cuanto se alejaron lo suficiente.

–Si no me gustara Samir lo habría estrangulado –respondió con dureza–. Leona le preguntó cómo era su madre, y el crío empezó una cómica historia sobre cómo su madre esperó sentada a que naciera su hija. Leona se rio con humor, pero entonces ese imbécil tuvo que sugerir que ya era hora de que concibiese a tu hijo y heredero.

–Seguro que no sabía lo que decía –dijo Hassan.

–Eso no fue lo que hundió a Leona, sino el silencio que siguió y la expresión blanca de tu cara. ¿Dónde tenías la cabeza?

–Mi mente estaba distraída.

–¿Y qué me dices de tu expresión?

–También la provocó la distracción.

–Se supone que debes estar siempre alerta. Ya es bastante arriesgado traer al yate al hombre que quiere deshacerse de Leona, para que encima te permitas el lujo de distraerte.

–Deja de acusarme y preocúpate de hacerlo bien –le espetó Hassan con impaciencia–. Sabes tan bien como yo que ni Abdul ni Jibril se atreverán a hacer nada, cuando están aquí con el único propósito de convencerme.

Leona intentó darse ánimos a sí misma. La habían pillado por sorpresa y había mostrado la verdad a todo el mundo, incluida a ella misma.

–Samir –le dijo con amabilidad–, si me sirves más vino, seré incapaz de mantenerme en pie cuando me levante.

–Hassan quiere que llene tu copa –insistió el chico.

–Hassan intentaba llenar un hueco en la conversación, no hacerme caer bajo la mesa.

Samir volvió a sentarse con un suspiro de resignación.

Hassan volvió a la mesa, pero ella se negó a mirarlo a los ojos y mantuvo la sonrisa hasta que le dolió la mandíbula.

La cena transcurrió sin más incidentes, pero cuando las mujeres se levantaron para trasladarse al salón contiguo, Leona no se sentía de humor para una sesión de puñaladas. Y para corroborar sus temores, Medina y Zafina se pusieron a hablar de Nadira, cuya belleza, según decían, no hacía más que crecer y sin duda enamoraría al hombre que la tomara como esposa.

Al menos no exaltaron sus virtudes con los niños, pensó Leona. Se preguntó si conseguiría sobrevivir al resto del viaje.

Finalmente, consiguió reunirse a solas con Hassan.

–Te pido disculpas –le susurró él–. Tenía la cabeza en otra parte, y no me enteré de lo que pasó hasta que Rafiq me lo explicó.

Ella no lo creyó, pero aceptó sus disculpas y se alejó, temblando sin saber por qué. Se metió en la cama y, cuando estaba a punto de quedarse dormida, notó la presencia de un cuerpo a su lado.

–No recuerdo que nuestro acuerdo incluyera compartir la cama –le dijo fríamente.

–No recuerdo haber acordado lo contrario –replicó

Hassan–. Duérmete –la rodeó con un brazo–. Y puesto que estoy tan cansado como tú, no te hace falta este pijama para sofocar mi lujuria.

–A veces llego a odiarte –quería ser la última en hablar.

–Pues yo te quiero y te querré hasta mi último aliento. Y cuando nos metan en nuestra cripta de oro, será como ahora; con la fragancia de tus hermosos cabellos contra mi rostro, y mi mano cubriéndote el corazón.

Leona no pudo reprimir una risita, lo que fue un gran error. El agotamiento de Hassan desapareció y en su lugar apareció el deseo más ardiente.

¿Debería intentar detenerlo? No. ¿Quería detenerlo? No. ¿Lo sabía él cuando empezó a quitarle el pijama y a llevarla con sus caricias a la cúspide del placer? Sin duda…

Capítulo 7

LA mañana llegó demasiado pronto, para el pesar de Leona. Aunque encerrada en la habitación, y protegida en los brazos de Hassan, podía permitirse creer durante un rato que todo era perfecto.

Él era perfecto, pensó mientras contemplaba los rasgos de su rostro. Dormía con los labios ligeramente separados, como siempre, y sus espesas pestañas oscuras contra la suave línea de sus pómulos. A Leona se le encogió el corazón. La atracción que ejercía sobre ella no había disminuido a pesar de todo lo que había pasado entre ambos.

Le acarició la nariz y se acercó a él para darle un beso en los labios.

—¿Este beso significa que me has perdonado por todo esto? —susurró él abriendo los ojos.

—Sss —lo silenció ella—. No lo estropees.

—Entonces bésame de nuevo —le pidió, y ella lo hizo. ¿Por qué no? Para bien o para mal, era y siempre sería su hombre.

Fue una lástima que el teléfono de la mesita de noche empezara a sonar. Hassan gimió de protesta y agarró el auricular. Unos segundos más tarde, colgó y le dio a Leona un último beso.

—El deber me llama.

Ah, el deber, pensó Leona, viendo cómo su príncipe se levantaba y entraba en el baño.

Volvió a salir a los diez minutos, arrebatadoramente vestido en algodón blanco. Leona se levantó, reacia a afrontar el día, y se dirigió hacia el baño.

Hassan la detuvo al pasar a su lado y la besó en la mejilla.

—Dentro de quince minutos en la segunda cubierta –le dijo–. Allí se servirá el desayuno con una sorpresa añadida.

—Me prometiste que no habría más sorpresas –protestó ella frunciendo el ceño.

—Esta no cuenta, así que date prisa, ponte algo que deje a todos boquiabiertos y prepárate para caerte de espaldas.

Después de ducharse y ponerse un vestido celeste de algodón, y con su pelirroja melena suelta por los hombros, subió a cubierta y vio a Rafiq, pero no a Hassan.

Rafiq le sonrió y le apartó una silla. Iba vestido con unos pantalones chinos de color negro y una camiseta blanca que se ceñía a su musculoso tórax.

—¿Por casualidad tu madre era una amazona? –le preguntó ella secamente. Su padre era un hombre delgado, así que tendría que haber recibido esos genes de alguien.

—¿Te has levantado con el pie izquierdo? –le preguntó él a su vez.

—Odio las sorpresas –respondió mientras se sentaba.

—Ya, y por eso lo pagas conmigo, porque sabes que no puedo tomar represalias.

–¿Dónde está Hassan? –le preguntó en tono más amable, ya que Rafiq tenía razón–. Me dijo que estaría aquí.

–El piloto que nos llevará a través del Canal de Suez ha llegado –explicó Rafiq–. Es una muestra de cortesía que Hassan vaya a saludarlo personalmente.

Leona giró la cabeza y vio que Port Said se extendía frente a ellos como un vasto polígono industrial. No era una bonita vista para acompañar el desayuno, aunque el puerto parecía disponer de los mejores atracaderos.

–¿Y el resto de invitados?

–Durmiendo o desayunando en sus habitaciones –dijo él sin poder reprimir un bostezo.

–¿No has dormido mucho? –Rafiq no respondió, pero la expresión de su cara hizo que Leona pensara en bailadoras españolas–. Espero que ella lo hiciera bien –murmuró.

–Deliciosa –respondió él con una sonrisa y le sirvió una taza de té–. Toma, tal vez esto te ayude a endulzar tu lengua tan ácida.

Ella reconoció en silencio que estaba muy ansiosa. Pero todo se debía a que estaba harta de sorpresas desagradables y…

El dulce sabor del té se le revolvió en el estómago.

–¿Qué pasa? –le preguntó Rafiq al ver cómo se ponía pálida.

–Creo que la leche está agriada –dijo ella dejando la taza.

Rafiq agarró el jarro de leche y la olió.

–A mí me parece que está bien –dijo, pero se levantó y fue a buscar más a la nevera.

En ese momento apareció Hassan, y a Leona se le

pasaron las náuseas en cuanto le dio un beso en la frente. Se sentó junto a la silla de Rafiq, que volvió enseguida con la leche, y Leona se quedó impresionada de lo parecidos que eran los dos hombres. Incluso vestían de forma similar, aunque los pantalones de Hassan eran de color beige y la camiseta era negra.

Pero los dos eran irresistiblemente atractivos. ¿Por qué entonces su amor por ellos era diferente?, se preguntó mientras los observaba. Todo hubiera sido muy fácil si se hubiera enamorado de Rafiq. Sin asuntos de gobierno, sin protocolos, sin la obligación de concebir a un hijo y heredero…

Pero a Rafiq lo quería como a un hermano, no como a un amante. Además, él ya tenía a su misteriosa bailarina, pensó mientras se servía otra taza de té.

—Pareces pálida. ¿Te ocurre algo? —le preguntó Hassan.

—Odia las sorpresas —dijo Rafiq.

—Vaya, entonces no soy muy popular —dijo Hassan—. Como la leche y la mantequilla… —añadió, al ver cómo se tomaba el té y el pan solos.

—La leche estaba agriada y me revolvió el estómago, así que he decidido no arriesgarme con la mantequilla.

En los climas cálidos era normal que se estropearan los alimentos, así que Hassan no le dio más importancia al asunto… hasta que llegó el café y Leona se sintió de nuevo indispuesta.

Hassan la vio recostarse en la silla, más pálida que antes, y se preguntó si se debería a la leche o a la ansiedad. Miró su reloj. Solo faltaban diez minutos. ¿Merecía la pena hacerla esperar tanto?

Rafiq se levantó y dijo que iba a llevarse a Samir

al gimnasio antes de permitirle desayunar. Ninguno de los dos pareció enterarse, y entonces un coche se acercó por el muelle hacia ellos. Era un modelo negro y lujoso, que daba una idea de a quién transportaba.

—Tu sorpresa está llegando —le dijo Rafiq a Hassan, y los dejó a solas.

Hassan se puso en pie e hizo que Leona se levantara.

—Vamos —le dijo, y la condujo hacia la puerta del vestíbulo que daba a la pasarela del muelle. Desde allí vieron que del coche salía una preciosa mujer rubia. A Leona el corazón empezó a latirle con fuerza.

—Evie —susurró—. Y Rashid —añadió al ver al jeque Rashid al-Kadah—. ¿Van a viajar con nosotros? —sus ojos brillaban de entusiasmo, y miraba a Hassan como si fuera el hombre más maravilloso del mundo.

—¿Su presencia hará que te sientas mejor?

Su respuesta fue tan sincera como desinhibida. Le echó los brazos al cuello y le dio un beso por el que Hassan hubiera pagado la mitad de su fortuna.

—Esperaba que después de seis años esa irrefrenable pasión se hubiera enfriado un poco —dijo una voz en tono burlón.

—Habló el hombre con su hijo en un brazo y su hija en el otro —añadió otra voz.

Hassan se quedó petrificado, pues no esperaba que los al-Kadah llevaran a sus hijos. Por su parte, Leona se apresuró a apartarse de él, y los dos se giraron para ver a Rashid, hombre orgulloso como ninguno, sosteniendo a su hijo pequeño en un brazo, mientras que la preciosa Evie le liberaba del peso de su hija de tres meses.

Cruzaron la pasarela hacia ellos, y los peores temores de Hassan se cumplieron, al ver lágrimas en los ojos de Leona, que lloraba de emoción al ver a la pequeña, mientras abrazaba a Evangeline al-Kadah.

Rashid esperó tras ellas con una sonrisa, esperando que lo dejaran subir al yate.

—No lo sabía —le dijo Leona a Evie—. ¡La última vez que te vi ni siquiera estabas embarazada!

—En un año pueden pasar muchas cosas —recalcó Rashid.

Evie se apartó de la pasarela para que su marido pudiera pasar. Rashid dejó a su hijo en el suelo y abrió los brazos para recibir a Leona.

—¿Sigues tan presumido como siempre? —Leona se echó a reír mientras se echaba en sus brazos, desafiando el estricto convencionalismo árabe que impedía el contacto entre hombres y mujeres.

Entonces se dio cuenta de que Hassan no se había movido. Lo miró por encima del hombro de Rashid y le frunció el ceño para que espabilara.

Mientras él saludaba a Evie, ella se agachó para saludar al niño que se aferraba a la falda de su madre. Tenía el pelo negro como su padre y los ojos dorados como su madre.

—Hola, Hashim —le sonrió cariñosamente. Se habían visto antes, pero seguro que el pequeño no la recordaba—. ¿Está rico ese dedo?

El niño asintió y siguió con el pulgar en la boca.

—Me llamo Leona. ¿Crees que podemos ser amigos?

—Rojo —dijo él mirando a su pelo—. Como el sol.

—Gracias —dijo Leona riendo—. Veo que vas a ser tan vanidoso como tu padre.

Hashim se volvió hacia Rashid, quien lo levantó

mientras hablaba con Hassan, como si fuera lo más natural del mundo tener a su hijo en brazos.

Leona tuvo que apartar las lágrimas que volvían a afluir a sus ojos. Hassan le pasó un brazo por los hombros, sonriéndole a Evie y a los niños. Pero Leona se dio cuenta de que Hassan no podía soportar ver lo que Rashid tenía y él no.

Se le hizo un nudo en el estómago y se sintió mareada de nuevo. Los dos hombres habían sido amigos toda la vida, sus países eran fronterizos y nada podría interponerse en su amistad... excepto el deseo de tener algo que uno poseía y el otro no. Un hijo.

—¿Puedo? —le preguntó a Evie, extendiendo los brazos.

Evie le tendió al bebé sin dudarlo.

—¿Qué edad tiene? —preguntó ella. Era como abrazar a un ángel, suave y ligero.

—Tres meses —respondió Evie—. Es más callada que un ratoncito y más dulce que la miel. Se llama Yamila Lucinda, pero nosotros la llamamos Lucy.

Al oír la voz de su madre, Lucy abrió los ojos, dejando ver dos perfectas amatistas semejantes a las de su madre. Leona tuvo que reprimir las lágrimas otra vez.

Minutos más tarde, todos estaban en cubierta, tomando un refresco mientras hablaban animadamente. Los demás invitados trataban a Rashid con gran respeto, como merecía por ser el gobernante del estado de Behran. Leona asumió el papel de anfitriona, y percibió la tensión de Hassan, pero no le dijo nada.

Cuando el yate soltó amarras y puso rumbo al Canal de Suez, apareció Medina al-Mahmud y le suplicó a Leona que le dejara tomar en brazos al bebé. Era una mujer pequeña y nerviosa, pero en cuanto abrazó a la pequeña le lanzó a Leona una mirada tan comprensiva que a punto estuvo de hacerle perder la compostura.

No quería la compasión de las personas, ni quería sentirse como una inútil, así que entró en el salón y encargó más bebidas por el teléfono interno.

–Tengo que pedirte disculpas –le dijo Hassan acercándose a ella–. Cuando preparé esta sorpresa, no esperaba que los al-Kadah trajeran a sus hijos.

–Oh, no seas tan sensible –le espetó–. ¿En serio crees que podría estar resentida por culpa de sus preciosos niños y por no poder tener a los míos propios?

–¡No digas eso! No es cierto, pero me volverás loco si insistes en lo mismo.

–Y tú deja de esconder la cabeza en la arena, Hassan –replicó ella–. ¡Porque ambos sabemos que eres tú quien se engaña a sí mismo!

Salió con paso airado, dejándolo a solas con su frustración. En las escaleras se encontró con Rafiq y Samir. Rafiq la miró con ojos entrecerrados; seguramente se estaría preguntando si había sido la leche la causa de sus mareos. Samir, por su parte, lo único que vio fue un blanco para su ingenio. Cuando se unieron a los demás, el pequeño hizo reír a todos contando cómo Rafiq lo había hecho trabajar en el gimnasio.

Leona siguió con su papel de anfitriona, y tuvo que aguantar durante diez minutos a Zafina, que no paraba de ensalzar las virtudes de su hija Nadira. Por suerte Evie acudió en su ayuda, y le pidió que le enseñara su habitación.

Las dos mujeres bajaron, seguidas de Hashim, y entraron en la habitación recientemente preparada por

Faysal. También acudió una criada que Evie había llevado, y que se llevó a los niños a la habitación contigua.

—Bueno, suéltalo —le pidió Evie en cuanto se quedaron solas—. ¿Por qué Hassan insistió tanto en que hiciéramos este viaje?

Leona estalló en lágrimas y le contó toda la historia. Cuando acabó, las dos estaban acurrucadas en la cama y Evie le acariciaba el pelo.

—Creo que estáis aquí para que yo me sienta mejor —dijo, respondiendo a la pregunta inicial de Evie—. Porque todo el mundo sabe que los al-Mahmud y los al-Yasin me quieren fuera de circulación. Hassan ignora que yo ya sé que Nadira al–Yasim es la esposa que el pueblo quiere para él.

—Conozco ese sentimiento —susurró Evie—. Supongo que es muy hermosa, sumisa y que le encantan los niños.

Leona asintió entre sollozos.

—Solo la he visto en un par de ocasiones, pero es muy dulce —confesó.

—Muy apropiada para Hassan…

—Sí.

—Y tú no lo eres —Leona negó con la cabeza—. Entonces, ¿por qué estás aquí?

—Dímelo tú —sugirió ella sentándose en la cama—. ¡Porque yo no lo sé! Hassan me da una razón y luego me da otra. Es un cabezota y todo un experto en volverme loca. Su padre está enfermo y yo adoro a ese anciano, por lo que Hassan lo utiliza para mantenerme a su lado.

—El padre de Rashid murió en sus brazos mientras yo sostenía a Rashid en los míos —le contó Evie—. Fue horrible, pero no hubiera querido estar en otra parte. Él me necesitaba, como Hassan te necesita a ti.

–Oh, no lo defiendas –protestó Leona–. Hace que me sienta mezquina, aunque hubiera ido a ver su padre solo con que me lo hubiera pedido. No necesito todo este embrollo.

–Pero tal vez Hassan sí lo necesite.

–Si no dejas de ser tan razonable, voy a sentarme entre la señora Yasin y la señora Mahmud en la cena de esta noche.

–De acuerdo, entonces enciérrate en el baño y arréglate para que podamos luchar juntas contra esas viejas alimañas.

Leona sonrió y se levantó de la cama, sintiéndose más animada.

–Me alegra que estés aquí, Evie.

Fue una verdad que podría haber repetido cientos de veces durante los días siguientes, cuando todo el mundo intentaba disfrutar del crucero.

Pero a pesar del buen ánimo había sentimientos y rencores ocultos. En el complicado mundo de la política árabe, no había un derecho natural para la sucesión en Rahman. Un líder no tenía por qué ser necesariamente hijo del anterior, pero en su elección debían de estar de acuerdo todas las familias tribales.

Todo el mundo sabía que Hassan era el candidato ideal, pues durante los últimos cinco años había dirigido con notable eficacia el país en nombre de su padre. Nadie quería romper ese equilibrio, y las otras familias habían prosperado bajo el gobierno de los al-Qadim. Rahman era un país respetado en la península arábiga. En el subsuelo había grandes reservas de petróleo, y en sus fronteras se situaban importantes oasis.

Pero al igual que la arena del desierto, las opiniones cambiaban. Al-Mahmud y al-Yasin también habían prosperado durante los treinta años del gobierno de al-Qadim, pero desde el principio estuvieron en desacuerdo con la elección de Hassan para casarse. Aunque no podían criticar a Leona por desatender al pueblo de Rahman, sí veían con malos ojos su debilidad. En cinco años no había sido capaz de concebir hijos, y a Hassan lo dejó en una difícil situación ante sus iguales cuando lo abandonó. Hassan se había negado a considerar el divorcio como una posibilidad y también a tomar una segunda esposa. Aquello enfureció a los ancianos tradicionalistas, y en especial al jeque Abdul al-Yasin, quien nunca se había recuperado de la ofensa que Hassan le infligió al no tomar a su hija Nadira como primera esposa.

Cuando el padre de Hassan cayó enfermo, Abdul vio la oportunidad para resarcirse. Todo lo que necesitaba era que Hassan aceptara tomar a una segunda esposa, con el propósito de mantener el delicado equilibrio entre familias. Todo el mundo, excepto Hassan, estuvo de acuerdo en que ese matrimonio solucionaría los problemas. No tendría por qué separarse de la primera, pero su primer hijo nacería de Nadira al–Yasim, que era lo que realmente importaba.

¿Y las alternativas? El jeque Jibril al-Mahmud tenía un hijo que podría ocupar el puesto que dejara libre el padre de Hassan. Y tampoco se podía ignorar al jeque Imran y a su hijo Samir. Tal vez Samir fuera demasiado joven, pero su padre no.

Por su parte, las mujeres libraban su batalla particular. Zafina al–Yasim quería a su hija Nadira en el lugar de Leona, y no perdía oportunidad para crisparla y hacerle perder la compostura ante Hassan.

En medio de todo eso estaban el jeque Rashid y su esposa Evie. Desde el matrimonio entre un oriental y una occidental, el estado de Behran había prosperado imparablemente y se había convertido en uno de los países más influyentes de Arabia. Pero ellos tenían un hijo, y todo giraba sobre esa cuestión.

La travesía por el Canal de Suez duró dos días, y luego pasarían otros cinco hasta llegar a la ciudad de Jeddah, en la costa de Arabia Saudí. Cuando salieron del Canal, las líneas de batalla estaban claramente definidas, respetando siempre la tregua de las mañanas, en las que todo el mundo se ocupaba de sus propios asuntos y diversión.

Por la tarde la mayoría echaba una siesta, a menos que Samir propusiera algo más divertido, como montar en motos acuáticas.

En la cena se respetaba otra tregua, pero cuando acababa se reanudaban las hostilidades, hasta que alguien lo dejaba y se iba a la cama.

La cama podría ser un santuario en el que refugiarse de los problemas diarios, a no ser que se compartiera con un enemigo. En eso pensaba Hassan cada noche en la que se acostaba y se encontraba con la fría espalda de Leona.

Estaba enfadada con él por muchas razones, y a él le dolía verla tan desgraciada. Sobre todo le dolía cuando la veía abrazar al pequeño Hashim, y se imaginaba su sufrimiento por no poder tener un hijo propio.

—Háblame, por Alá —le pidió en la oscuridad.

—Busca otra cama donde dormir.

Bueno, al menos había conseguido que le dijera algo, así que decidió agarrar al toro por los cuernos y se puso sobre ella.

–¿Qué quieres de mí? –le preguntó–. ¡Lo hago lo mejor que puedo!

Ella abrió los ojos y le clavó una mirada glacial.

–¿Por qué todas estas molestias si voy a dejarte en cuanto pueda?

–¿Por qué?

–Ya hemos discutido los porqués cientos de veces. ¡Déjame! –lo empujó y se levantó de la cama. Atravesó la habitación y se acurrucó en uno de los sillones.

–Vuelve aquí, Leona –le ordenó él.

–Me arrepiento de estar aquí –dijo ella con voz ronca, señal de que estaba llorando.

Hassan se maldijo a sí mismo. Se puso en pie y fue a arrodillarse junto a ella.

–Lo siento –le dijo–. Siento que la situación sea tan difícil para ti, pero mi padre insiste en que los jefes de las familias dialoguen entre ellos. Sabes que no tengo garantizado el derecho a la sucesión, y que debo conseguir el apoyo de los demás.

–Deja de comportarte como un cabezota y permite que me vaya. Así no tendrás que vencer a nadie.

–Te equivocas –dijo él con una mueca–. Creo que en el fondo quieren que libre esta batalla y que la gane, para que pueda demostrar mi resolución.

Leona se pasó la mano por la mejilla. Él quiso hacer lo mismo, pero el sentido común le aconsejó que no.

–Esta noche Zafina me preguntó si tenía idea de la vida a la que te estaba condenando, manteniendo un matrimonio sin posibilidad de tener hijos.

Los ojos de Hassan ardieron de furia, y tomó la silenciosa decisión de no permitir que Leona fuera a ninguna parte sin él o sin Rafiq.

–¿Por qué insistes en algo que sabes que es…? –empezó a preguntar ella, pero Hassan la hizo callar del modo más efectivo que sabía. Boca a boca.

Las palabras se perdieron en el calor de las lenguas. Ella se resistió durante unos segundos, pero se rindió en cuanto sus dedos tocaron la piel desnuda de Hassan. Ella tenía puesto un pijama de seda, mientras que él estaba desnudo.

–Eres como un avestruz –lo acusó ella mientras él la sentaba sobre sus caderas–. ¿Cuánto tiempo crees que puedes seguir ignorando…?

Él volvió a usar el mismo método para hacerla callar. La llevó hasta la cama, con sus piernas aferradas a la cintura y sus uñas clavándose en sus hombros. Entonces pensó que si intentaba una posición horizontal podían hacerse daño si seguían abrazados así.

Pero, ¿quién necesitaba una cama? Encontró la cintura del pantalón del pijama y tiró de la seda hacia abajo, para tener acceso a lo que más deseaba. Ella gimió cuando él la penetró con facilidad, y los besos ahogaron cualquier sonido posterior.

Mientras le apretaba las nalgas y se esforzaba por guardar el equilibrio, Hassan pensó cómo era posible que solo tres noches de abstinencia lo hubieran dejado tan hambriento. En los doce meses que había pasado sin hacerlo no había sufrido tanto.

–Estás temblando –le dijo ella.

Pero no solo estaba temblando. Estaba fuera de control, de modo que la acostó en la cama con tanto cuidado como pudo, le apartó el pelo de la cara y la miró a los ojos.

–¿Puedes decirme cómo puedo rechazar esto? –le preguntó–. Tú y solo tú puedes hacerme esto a mí. Y solo quiero que lo hagas tú.

Pronunció las palabras entre besos salvajes y violentos empujones de caderas. Leona le tocó la cara, la boca, los párpados…

–Lo siento tanto… –le susurró.

Aquello bastó para volverlo más loco de lo que estaba. Se retiró, se irguió, caminó hacia el baño, cerró la puerta a su paso y golpeó la pared con la mano. Los silencios después de hacer el amor eran una cosa, pero las disculpas en mitad del sexo eran otra muy distinta.

¿Por qué había tenido que decirlo? ¡No había tenido la intención de hacerlo! Lo dijo tan solo porque vio que Hassan estaba sufriendo.

Oh, Dios, ¿qué iban a hacer el uno con el otro?, se preguntó a sí misma. Se puso en pie, y entonces sintió las náuseas con más fuerza que nunca. Corrió hacia el baño, con la esperanza de que Hassan no hubiera echado el pestillo.

Con una mano en la boca y con la otra intentando abrocharse el pijama, alcanzó la puerta justo cuando esta se abrió y apareció un Hassan completamente distinto.

–Tu deseo se ha cumplido –la informó fríamente–. Tan pronto como sea seguro hacerlo, arreglaré lo del divorcio. No quiero tener que ver nada más contigo.

Diciendo eso se marchó, sin saber que la única respuesta de Leona era llegar al inodoro a tiempo.

Capítulo 8

LEONA estaba dormida cuando Hassan entró a la mañana siguiente en la habitación. Y seguía dormida cuando él volvió a salir media hora más tarde, recién duchado y vestido.

Hassan había pasado la noche en una tumbona de cubierta, alternando la furia con el arrepentimiento. Y todavía no estaba seguro de qué hacer, si mantener sus palabras o retractarse.

Se encontró con Rafiq cuando subía de nuevo a cubierta.

—Concierta una reunión en mi despacho para las diez en punto —le dijo. Rafiq se limitó a asentir con la cabeza.

Samir ya estaba tomando el desayuno. Comía con tanta voracidad que Hassan se sintió ligeramente mareado, resultado también de la mala noche y las discusiones.

Leona seguía sin aparecer cuando todos acabaron de desayunar. Hassan llamó a un criado y le ordenó que fuera a la suite.

—Yo iré —se ofreció Evie, y se levantó, dejando a sus hijos al cuidado de Rashid.

Y Rashid se ocupaba bien de ellos, observó Hassan con irritación. ¿Cómo era posible que su amigo dirigiera un estado como Behran y tuviera tiempo de aprender cómo cuidar a los niños pequeños?

Hacía un día caluroso y lucía un sol espléndido, pero Hassan se sentía como en un mañana gris de Londres.

—Hassan…

—¿Mmm? —levantó la vista y vio que el jeque Imran le había estado hablando, y que él no había escuchado ni una sola palabra.

—Rafiq dice que has concertado una reunión a las diez en punto.

—Sí —miró su reloj y se levantó con el ceño fruncido—. Si me disculpas, esta es la hora a la que llamo a mi padre.

Para llegar a su despacho tenía que pasar por delante de la suite. La puerta estaba cerrada, y dudó si entrar o no. Pero entonces recordó que Evie estaba allí. Aliviado por la excusa, siguió adelante.

—Llama a mi padre, Faysal —le ordenó a su ayudante, que ya estaba en su despacho—. Y luego prepara la otra sala para una reunión.

—¿Va a ser hoy, señor? —preguntó Faysal, sorprendido.

—Sí, hoy. Dentro de media hora —su ayudante quiso decir algo, pero él levantó una mano—. Llama a mi padre, Faysal —le recordó.

Mientras Faysal marcaba el número, Hassan miró su reloj. ¿Se había quedado Leona en la suite porque no quería verlo?

Pero Leona no se había quedado porque estuviera de mal humor, sino porque se sentía enferma y no quería que nadie se enterara.

—No se lo digas a nadie —le dijo a Evie—. Estaré

bien enseguida. A veces siento unas molestias, pero son pasajeras.

—¿Desde cuándo? —Evie parecía preocupada.

—Desde hace unos días —se encogió de hombros—. No creo que sea nada contagioso, Evie. No te preocupes por tus hijos. Solo estoy… estresada, eso es todo.

—Estresada —la miró con atención.

—Tengo el estómago revuelto —tomó un sorbo de la botella de agua que Evie le había abierto—. ¿Cómo no voy a estar mareada en un barco lleno de niños? Tu familia queda excluida, por supuesto —se apresuró a añadir.

—Oh, claro. Evie asintió y se sentó en el borde de la cama.

—Odio a los hombres —dijo Leona.

—¿No será que odias a un hombre en particular?

—Estaré encantada cuando esto se acabe y me deje marchar.

—¿Crees que eso es probable? —se burló Evie—. Hassan es árabe, y los árabes nunca abandonan. Son arrogantes, posesivos, testarudos, egoístas y, muy, muy dulces.

—Tienes suerte de haber encontrado a uno bueno.

—No fue tan agradable el día que lo eché —recordó Evie—. De hecho, fue el peor momento de mi vida, cuando se fue sin protestar. Supe que era el fin. Podía leerlo en su rostro como si fueran palabras grabadas en la piedra.

—Lo sé —susurró Leona tristemente—. Lo he visto por mí misma.

Evie también había visto esa expresión en Hassan durante el desayuno.

—Oh, Leona… Los dos tenéis que acabar de haceros daño. ¿Es que no basta el amor que os profesáis el uno al otro?

—Piensa en esto —le dijo Rashid a Hassan—. Tenemos tiempo de sobra antes de llegar a tierra. Tiempo para que sufran con su decepción.

—Necesito que todo quede resuelto —respondió Hassan—. Cuanto más lo demore más vacilante pareceré. Abdul y Zafina al-Yasin empiezan a creer que pueden decir lo que les plazca. Mi padre está de acuerdo. Todo tiene que estar hecho hoy, *inshallah*.

—*Inshallah* —corroboró Rashid, y se fue a preparar su discurso.

Una hora más tarde Evie estaba con sus hijos, Medina y Zafina estaban tomando café en uno de los salones, mientras esperaban que acabase la reunión que se celebraba en la cubierta inferior. Leona y Samir estaban preparándose para montar en motos de agua, cuando el jeque Rashid al-Kadah decidió que era el momento de hablar.

—He escuchado vuestras opiniones con gran interés y preocupación —empezó—. Algunos habéis dado a entender que Hassan debería elegir entre su país y su esposa occidental. Encuentro esa postura muy embarazosa, no solo porque yo mismo estoy casado con una occidental, sino porque los árabes modernos ataquen a sus líderes con unos principios anticuados, ¿por el bien de qué?

—El linaje de sangre —dijo Abdul enseguida.

Algunos se movieron incómodos. Rashid los miró uno por uno, desafiándolos a secundar la opinión del jeque Abdul. Hubiera sido un insulto a él mismo, a su mujer y a sus hijos, de modo que nadie dijo nada.

–El linaje de sangre ya se puso en peligro hace seis años, Abdul –le respondió directamente–. Cuando Hassan se casó, todos vosotros aceptasteis a su esposa. ¿Qué ha cambiado?

–No lo has comprendido, Rashid –intervino Jibril al-Mahmud–. Hassan, te pido disculpas por verme obligado a decir esto –hizo una reverencia–. Pero todo Rahman sabe que tu respetada esposa no puede tener hijos.

–Eso no es cierto, pero, por favor, continúa con tu hipótesis –lo invitó Hassan.

Jibril miró confundido a Rashid.

–Incluso en tu país se permite, y a veces se espera, que un hombre tome a una segunda esposa si la primera... tiene dificultades para concebir a un hijo. Lo que le suplicamos a Hassan es que tome a una segunda esposa para asegurar el linaje familiar.

–¿Hassan? –Rashid lo miró buscando una respuesta, pero él negó con la cabeza.

–Tengo a la única esposa que necesito –declaró.

–Y si Alá decide negarte un hijo, ¿qué pasará?

–En ese caso el poder pasará a mi sucesor. No veo dónde está el problema.

–El problema está en que tu postura es una burla a los árabes –dijo Abdul con impaciencia–. Tienes un deber de asegurar la descendencia de la familia al-Qadim. Tu padre está de acuerdo y también los ancianos. ¡Es intolerable que insistas en no devolver nada por el honor de ser hijo de tu padre!

–Estoy dispuesto a renunciar a mi derecho de sucesión –replicó Hassan–. Ahora podéis seguir hablando sin mí.

–Un momento, Hassan –dijo Rashid–. Tengo algo que decir en contra de tu decisión.

Hassan volvió a sentarse, y Rashid se lo agradeció con un asentimiento de cabeza.

—Rahman es país fronterizo con el mío. Tus oleoductos cruzan el subsuelo de Behran y tu petróleo se mezcla con el mío en nuestros depósitos comunes cuando llega al Golfo. Los viejos conductos van de oasis en oasis, gracias al tratado que firmaron al-Kadah y al-Qadim hace treinta años. Así que, dime, ¿con quién tendré que negociar ese tratado si no puedo hacerlo con un al-Qadim?

Era un ataque por todos los frentes. Rahman necesitaba la cooperación de Behran para canalizar el petróleo bajo sus tierras. El tratado era antiguo, y las tarifas no habían subido durante esos treinta años. Las fronteras eran simples líneas en el mapa por las que ninguna caravana de camellos se preocupaba.

—No tiene sentido que alteremos el equilibrio de poder en Rahman —dijo el jeque Jibril al-Mahmud. Parecía preocupado. Rashid al-Kadah no tenía fama de fanfarrón—. Hassan tiene nuestra lealtad, respeto y apoyo.

—Ah, entonces he malinterpretado lo que aquí se ha dicho —dijo Rashid—. Pido disculpas —añadió con una reverencia—. He creído oír que Hassan decía algo sobre renunciar a la sucesión.

—Semejante cosa no se nos ha pasado por la cabeza —dijo Jibril—. Solo nos preocupa la futura sucesión, y nos preguntamos si no es el tiempo de que Hassan considere…

—Como dirían los sabios —lo interrumpió Rashid—, el tiempo es solo un grano de arena que obedece la orden del viento y la voluntad de Alá.

—*Inshallah* —corroboró Jibril. El castillo de naipes de Abdul se venía abajo.

—Gracias —le susurró Hassan a Rashid minutos después, cuando los otros los dejaron—. Estoy en deuda contigo.

—De eso nada —rechazó Rashid—. No quiero que un hombre como el jeque Abdul al-Yasin sea quien negocie con mi hijo. Pero, solo por curiosidad, ¿quién va a ser tu sucesor?

—Rafiq.

—Pero él no quiere el puesto.

—Lo aceptará.

—¿Lo sabe?

—Sí, ya lo hemos hablado.

Rashid asintió, pensativo, y esbozó una sonrisa.

—Entonces, amigo mío, solo te queda mostrar alegría ahora que has conseguido tu objetivo.

Hassan empezó a sonreír, pero dejó escapar un suspiro y se acercó a la ventana. Vio a Leona y Samir montando en motos de agua. El pelo de Leona ondulaba como una bandera, mientras ella viraba la moto para perseguir a un incansable Samir.

—Puede que la victoria no signifique nada al final —murmuró—. Porque no creo que ella se quede —el silencio de Rashid le hizo girar la cabeza y mirarlo—. Tú tampoco lo crees, ¿verdad?

—Evie y yo hemos hablado de esto —confesó Rashid—. Nos hemos puesto en vuestro lugar, y, sinceramente, Hassan, su respuesta me dejó helado.

A Hassan no lo sorprendía. Oriente contra Occidente. Orgullo contra orgullo. El amor de una valiente mujer contra…

—¡En nombre de Alá! —exclamó de repente, al ver que la moto de Leona se detenía de golpe, lanzándola a ella por encima.

—¿Qué pasa? —Rashid se puso en pie.

—Ha chocado con algo —respondió él. Esperó sin moverse a que Leona saliera a la superficie, pero no la vio. El corazón le dio un vuelco y salió corriendo, con Rashid pegado a sus talones.

Cuando llegaron a la plataforma de popa, Rafiq ya estaba bajando otra moto al agua. Su cara lo decía todo: Leona aún no había aparecido. Samir ni siquiera se había dado cuenta y seguía dando vueltas.

Sin dudarlo, Hassan se subió a la moto acuática y la puso en marcha, antes de que su hermano pudiera hacer nada. Avanzó como una flecha hacia el vehículo parado, mientras a sus espaldas sonaba la sirena del yate, avisando a Samir. La llamada atrajo a todo el mundo a cubierta.

Cuando Hassan llegó a la moto de Leona, Rafiq se acercaba con otra, y Samir ya se dirigía a toda velocidad hacia el yate. Nadie habló ni se movió cuando Hassan saltó de su moto y desapareció bajo las aguas. Pasaron tres minutos, cuatro, y Hassan no podía entender por qué el chaleco salvavidas de Leona no la había sacado a la superficie.

Encontró un gran trozo de madera a ras de la superficie, parecía el listón de un viejo bote de pesca, ya que tenía una red liada. Y Leona estaba atrapada en la red… Un tobillo, una muñeca, intentando liberarse con frenéticas sacudidas.

Hassan se sumergió hacia ella; vio el pánico en sus ojos, la certeza de que iba morir. Consiguió soltarle el pie, y tiró de ella hacia la superficie mientras intentaba liberarle la muñeca.

Al salir se llenó los pulmones de aire. Estaba completamente blanco por el miedo. Leona estalló en lágrimas, tosiendo y tratando desesperadamente de respirar entre sollozos. Ninguno vio cómo otras dos motos acuáticas los rodeaban, ni como se dirigía hacia ellos una barca hinchable.

–¿Por qué tienes que hacerme esto? –le gritó él lleno de furia.

–Hassan –lo llamó alguien. Levantó la mirada y vio a su hermano, vio a Samir, pálido como un fantasma, vio el bote hinchable… y vio a la mujer que tenía en brazos. Entonces todo se volvió borroso, mientras Rafiq y Samir saltaban al agua y subían a Leona al bote. Hassan los siguió, y le pidió a Rashid y al otro tripulante que se fueran con los otros dos en las motos acuáticas. En cuanto salieron de la barca, Hassan la hizo girar y, en vez de dirigirse hacia el yate, se internó en el Mar Rojo.

Leona no se dio cuenta de nada, tendida sobre un montón de toallas que algún previsor había arrojado al bote. Hassan temblaba de pies a cabeza, y tenía los ojos empañados por una emoción que nunca había experimentado.

Cuando detuvo la barca en mitad de ninguna parte, se sentó y trató de calmarse, mientras Leona trataba de reprimir las lágrimas.

–¿Sabes? –le dijo al cabo de un rato–, por primera vez desde que era un niño, creo voy a ponerme a llorar. No tienes ni idea de lo que me haces. Ni idea. A veces me pregunto si te importa algo.

–Ha sido un accidente –respondió ella en un ronco susurro.

–¡Y también el traspié en la pasarela! ¡Y la caída por las escaleras! ¿Qué diferencia hay? ¡No sabes lo que me haces!

Ella se sentó y se cubrió con una toalla.

—¿Me estás escuchando?

—No. ¿Dónde estamos?

—¡En ninguna parte, donde puedo gritar si me da la gana y decirle al mundo que me deje en paz! —exclamó—. Estoy harto de que la gente meta sus narices en todo. Estoy harto de jugar a la política. ¡Y estoy harto de ver las estupideces que cometes solo porque estás furiosa conmigo!

—Hassan…

—¿Qué? —los ojos le ardían de ira.

—Estoy bien —le dijo con suavidad.

Él se abalanzó sobre ella como un lobo salvaje, sin importarle si los hacía caer otra vez al agua.

—Has estado cuatro minutos bajo el agua. ¡Cuatro minutos! —le espetó entre rápidos besos.

—Sabes que soy propensa a los accidentes —le recordó ella—. Cuando nos conocimos, tropecé con el pie de alguien y caí en tu regazo.

—No. Yo te ayudé con una mano.

Ella frunció el ceño y él puso una mueca. Nunca lo había reconocido hasta entonces.

—Te había estado observando toda la noche, preguntándome cómo podría acercarme a ti sin parecer demasiado ansioso. Así que Alá me lo puso fácil al hacerte tropezar frente a mí.

Leona soltó una risita.

—Me caí encima de ti a propósito —confesó—. Alguien me dijo que eras un jeque árabe, inmensamente rico, y pensé, ¡ese es para mí!

—Mentirosa.

—Tal vez… —dijo con una sonrisa.

Las burlas pronto se acabaron, y los dos se miraron intensamente.

–No me dejes… nunca –le suplicó él.

Leona suspiró y le pasó los dedos por los cabellos mojados. Se le había formado un nudo en la garganta y el corazón le latía con fuerza.

–Tengo miedo de que algún día cambies de opinión sobre mí y quieras otra cosa. ¿Qué me quedará entonces?

–Ethan Hayes está enamorado de ti.

–¿Qué tiene que ver con esto? –le preguntó ceñuda–. Y no, no lo está.

–Tú tienes miedo de que yo te deje. Pues bien, yo tengo miedo de que te fijes en un hombre normal como Ethan y decidas que puede ofrecerte más que yo.

–Estás bromeando.

–No, no bromeo –se sentó y agarró distraídamente las sirgas que rodeaban el bote–. Yo solo puedo ofrecerte un montón de restricciones, juegos políticos y un puñado de amigos con los que no pasarías el día si no tuvieras obligación de hacerlo por mí.

–Me gustan nuestros amigos de Rahman –protestó ella. Se sentó y se enrolló una toalla en la cabeza–. Los que no me gustan tampoco son de tu agrado, y solo los veíamos en las reuniones sociales.

–O cuando estamos con ellos en un barco sin posibilidad de escape.

–¿Se puede saber por qué estamos teniendo esta conversación sobre un bote en medio del Mar Rojo? –le preguntó con fatiga.

–¿Y dónde si no? ¿En nuestro compartimento privado, donde tenemos una cama para distraernos?

–Es otro rapto –murmuró ella.

–Me perteneces. Un hombre no puede raptar lo que es suyo.

—Eres un arrogante.

—¿Amarte es ser arrogante? —la retó él.

Leona se limitó a negar con la cabeza y a secarse la cara con el extremo de la toalla. Tenía los dedos temblorosos, y todavía le costaba respirar.

—Anoche me prometiste el divorcio.

—Hoy retiro la promesa.

—¿Puedes hacer algo con esto? —le mostró el brazo, del que colgaba parte de la red donde se había enganchado la muñeca. Tenía la piel irritada.

—Siento lo que dije anoche —murmuró él.

—Yo también siento lo que dije —respondió ella—. No lo dije con la intención que te pareció. Es solo que a veces pareces muy...

—Los hijos son un precioso regalo de Alá —la interrumpió él—. Pero también lo es el amor. Muy pocas personas tienen la fortuna de disfrutar de ambos, y la mayoría solo se queda con los hijos. Si tuviera que elegir, elegiría el amor.

—Pero eres un jeque árabe y tienes el deber de tener a un sucesor. La decisión no depende de ti.

—Si queremos tener hijos, los tendremos —dijo él, y le arrancó con los dientes el trozo de red—. Mediante fertilización in vitro, adopción... Pero solo si queremos tenerlos —recalcó ese punto con especial énfasis—. De otro modo dejaremos que Rafiq se ocupe de su país.

—Te echaría una de sus miradas fulminantes si te oyera decir eso —dijo ella con una sonrisa.

—Es un al-Qadim, aunque elija creer lo contrario.

—Es medio francés.

—Y yo soy un cuarto español y un cuarto al-Kadah —le aclaró él—. Y tú, creo, eres mitad celta, ¿no?

—De acuerdo, me quedaré —murmuró ella.

—¿Quieres decir quedarte para siempre, sin más discusiones? —le preguntó mirándola ceñudo.

Ella le volvió a pasar los dedos entre los cabellos.

—Soy tuya, mi señor jeque —le dijo muy seria—. Asegúrate de que no me arrepienta.

Hassan soltó una breve carcajada de incredulidad.

—¿Qué te ha hecho cambiar de opinión tan de repente?

—Mi corazón siempre quiso quedarse. Era mi mente la que me creaba problemas. Pero… míranos, Hassan —soltó un suspiro—. Estamos sentados en un bote hinchable en medio del mar, bajo un sol ardiente, solo porque elegimos estar aquí en vez de en cualquier otra parte —lo miró fijamente a los ojos—. Si tú crees que el amor puede ayudarnos a superar lo que sea, entonces yo también voy a creerlo.

—Valor —murmuró él acariciándole la mejilla—. Nunca he dudado de tu valor —y se inclinó para besarla.

—No —protestó ella—. Aquí no, con veinte pares de ojos observándonos desde el yate.

—Déjales que miren —sentenció él, y la besó—. Ahora me gustaría disfrutar de la intimidad de nuestro compartimento privado —dijo al retirarse.

—Entonces vamos para allá.

Estaban a medio camino del yate, cuando Leona recordó que Samir le había mencionado algo de una reunión.

—¿Qué ha pasado? —le preguntó con ansiedad.

Hassan esbozó una tímida sonrisa.

—Conseguí el apoyo que buscaba. La lucha ha acabado. Ahora ya podemos relajarnos un poco.

Para ser un triunfo no parecía que lo entusiasmara mucho. Leona quiso preguntarle la causa, pero decidió esperar, pues se acercaban al yate y ya podía ver todas las caras que observaban su regreso. Caras curiosas, preocupadas, incluso decepcionadas… No a todo el mundo le había gustado que Hassan la sacara del agua, pensó ella con tristeza.

Rafiq y un miembro de la tripulación estaban esperando en la plataforma para ayudarlos a subir a bordo.

—Lo haré yo sola —insistió ella cuando Hassan se dispuso a subirla en brazos—. Creo que por hoy ya he sido lo bastante tonta.

Nadie les habló ni los tocó mientras se envolvían con toallas y se dirigían hacia su compartimento privado. Hassan cerró la puerta y la condujo hacia el baño. Los dos se desnudaron y se metieron bajo la ducha.

Era otro de esos momentos de calma después de la tormenta, pensó Leona mientras una nube de vapor los rodeaba. Pero, ¿por qué pensar en nada cuando el deseo y el amor reverberaban por sus venas? Porque aquello era amor…

¿Por qué hacer preguntas cuando entre los dos existía una comunicación más profunda que las palabras? Cuando Leona lo recibió en su interior, lo hizo con los ojos abiertos, rebosante de amor y con su nombre susurrando en sus labios.

En otro lugar del barco, Rashid miró a Rafiq.

—¿Crees que se ha dado cuenta de que la victoria de hoy solo ha conseguido exponer a Leona a sus enemigos? —le preguntó.

–El jeque Abdul sería un estúpido si se mostrara ahora, sabiendo que Hassan ha decidido fingir que no sabe nada del complot contra Leona.

–No estaba pensando en Abdul, sino en su ambiciosa esposa –murmuró Rashid–. La mujer quiere que su hija ocupe el lugar de Leona. Solo hay que mirarla a la cara para saber que no está dispuesta a abandonar la lucha…

Capítulo 9

LEONA estaba pensando en lo mismo cuando se encontró con Zafina aquella noche.

Antes de la confrontación, todo había sido muy agradable, pero, al acabar la cena, cuando las mujeres dejaron a los hombres en la mesa, las cosas empezaron a empeorar.

Evie se fue a ver a sus hijos, y Leona aprovechó para ir al compartimento privado a refrescarse un poco. Al salir del baño, encontró que Zafina al–Yasim estaba esperándola, la última persona a quien quería ver.

Iba vestida con una daraa azul y un thobe a juego, lujosamente recargado con tachones de plata. A Leona solo le bastó una mirada a sus ojos negros para saber que su intención era causar problemas.

—Esta noche me has sorprendido con tu alegría —le dijo la mujer—. En un día en el que tu marido lo ha ganado todo y tú lo has perdido todo, esperaba encontrarte más triste. Pero cuando te he visto reír con nuestros hombres, se me ha ocurrido que tal vez, con tu desafortunado accidente y la preocupación del jeque Hassan por ti, no te ha explicado el acuerdo al que ha llegado hoy.

—¿Estás diciendo que mi marido me ha mentido?

—le preguntó Leona con cautela, no del todo segura de adónde quería llegar Zafina.

—No me atrevería a sugerir tal cosa —dijo ella, haciendo una ligera reverencia como señal de respeto hacia Hassan—. Pero quizá haya sido un poco… parco con los detalles, en su esfuerzo por ahorrarte un disgusto mayor.

—Algo con lo que tú no estás de acuerdo.

—Creo en la verdad, sin importar el daño que pueda causar. Y creo que deberías estar convenientemente informada, para que puedas tomar las futuras decisiones conociendo todos los hechos.

—¿Por qué no vas al grano, Zafina? —le preguntó con impaciencia.

—Desde luego… —respondió ella. Sacó de la manga de su daraa un pedazo de papel y lo extendió sobre la cama.

Leona no quería verlo, pero se inclinó y vio el sello de al-Qadim y el nombre del jeque Hassan. Fue incapaz de reconocer el resto, escrito en lengua árabe.

—¿Qué es esto?

—Un contrato firmado por el jeque Hassan, en el que da su bendición al matrimonio entre su hijo Hassan y mi hija Nadira. Esta es la copia de mi marido. El jeque Jalifa y el jeque Hassan tienen las suyas propias.

—No está firmado —observó Leona.

—Lo estará —declaró Zafina—. Esta mañana se llegó al acuerdo. El jeque Jalifa se está muriendo, y su amado hijo no le negará nada. Cuando lleguemos a Rahman, se firmará el contrato y se hará público en el banquete del jeque Jalifa.

—Mientes —dijo Leona— No importa lo que diga este papel. Conozco a Hassan, y también a mi suegro, el jeque Jalifa. Ninguno de los dos pensaría en traicionarme de esta manera.

—¿Eso crees? —Zafina hablaba con una seguridad escalofriante—. En opinión del pueblo, el jeque Hassan tiene que demostrar que su lealtad al país es más fuerte que su deseo de complacer a tus ideas occidentales.

Leona le clavó una gélida mirada.

—Sabes que le contaré esto a Hassan, ¿verdad?

—Adelante —le dijo Zafina con una reverencia—. Cuéntale lo que sabes. Puede que te siga ocultando la verdad por el bien de su padre, o puede que decida confesártelo todo con la esperanza de que regreses a Rahman como su primera esposa. Pero recuerda lo que te he dicho, señora, mi hija será la esposa del jeque Hassan antes de que acabe este mes, y será ella quien dé a luz a un hijo suyo —dio un paso adelante y le quitó el contrato—. No tengo intención de humillarte —concluyó mientras se dirigía hacia la puerta—. De hecho, te doy la oportunidad de que salves tu dignidad. Vuelve a Inglaterra y divórciate de Hassan. Porque, lo quieras o no, él se casará con mi hija.

Leona la dejó marchar sin darle la satisfacción de rebatirla, pero en cuanto Zafina cerró la puerta empezó a temblar. No, se dijo a sí misma, no podía permitir que la crueldad de aquella mujer la envenenara. Estaba mintiendo. Hassan no sería tan mezquino. ¡Él la quería, por amor de Dios! ¿Acaso no habían pasado toda una tarde reavivando el amor?

Se mareó de nuevo y caminó hacia el baño, pero tuvo que detenerse para tomar aire. Tenía que confiar en su instinto. Tenía que creer a Hassan… Se lo repitió una y otra vez con los puños cerrados. Zafina era ambiciosa y cruel, pero Hassan no podía hacerlo.

Un contrato… ¿Qué era un contrato sino un pedazo de papel con unas cuantas palabras? Cualquiera podía hacerlo. Lo importante era quién lo firmara.

Se lo contaría a Hassan, y él se lo negaría todo. Entonces podrían olvidarlo y…

No, no se lo contaría. Esa era la intención de Zafina, y Leona no iba a permitir que aquella mujer creara más problemas.

Confianza. Tenía que confiar en él.

La puerta se abrió y apareció Hassan. Alto, moreno, esbelto y arrebatadoramente atractivo.

–¿Qué ocurre? –le preguntó frunciendo el ceño–. Estás muy pálida.

–Na… nada –respondió ella–. Me duele la cabeza… y el estómago. Creo que he comido demasiado. Tal vez tragué demasiada agua en el mar. Yo…

Él se acercó y le tocó la mejilla.

–Estás fría como el hielo –le sujetó la muñeca con dos dedos–. ¡Y tienes el pulso acelerado! Tiene que verte el médico –corrió al teléfono–. Vístete. Vas a…

–¡Oh, no, Hassan! –protestó ella–. Estaré bien enseguida. Por favor… –le rogó mientras él colgaba–. Ya me siento un poco mejor. Tomé algo hace unos minutos –caminó hacia él y se aferró a su brazo–. Llévame a cubierta. Solo necesito que me dé el aire.

Hassan no estaba seguro, pero Leona no hizo caso de su expresión y tiró de él hacia la puerta. Pasear a su lado, y estar segura de que nunca haría algo tan cruel como mentirle sobre una segunda esposa, la hizo sentirse mucho mejor. Esbozó una sonrisa, dispuesta a que la vieran todos los invitados, incluida Zafina.

Zafina no estaba en el salón. Era un alivio y al mismo tiempo una decepción. Leona quería que aquella vieja bruja la viese junto a Hassan, resplandeciente de felicidad.

Cuando llegó la hora de acostarse, Rashid e Imran se quedaron hablando con Hassan, y Leona tuvo que volver sola a la cama. Se pasó diez minutos sufriendo en silencio por el incidente con Zafina, pero finalmente la venció el sueño, y cuando Hassan volvió la encontró dormida y no quiso despertarla.

Al día siguiente decidió mostrarse amable con Zafina, que no supo cómo reaccionar. Pasó casi toda la mañana con Evie y sus hijos. Cuando estaba jugando con Hashim, el pequeño le rozó accidentalmente los pechos, y ella sintió un dolor extraño.

–¿Estás bien? –le preguntó Evie al ver su mueca.

–La verdad es que no –le confesó ella–. Desde lo de ayer me duelen varias partes del cuerpo, y creo que el agua que tragué estaba infectada de microbios.

–¿Los mismos microbios que te afectaron el día anterior?

–De acuerdo –cedió Leona–. Sigo estresada.

–Por ejemplo –murmuró Evie.

–¿Qué significa eso?

Evie se encogió de hombros, pero en ese momento llegó Rashid para recordarles que el almuerzo estaba servido.

Después de la comida llegó la hora de la siesta, aunque Hassan y Rashid se fueron a tratar de asuntos de estado por teléfono. Leona agradeció la soledad del dormitorio, porque empezaba a sentirse realmente mal. Le dolían la cabeza, los huesos y el estómago.

Tal vez fuera un virus, pensó mientras corría las cortinas para atenuar la luz que le hacía daño en los ojos. Se desnudó y se metió en la cama. Si así fuera, tendría que mantenerse alejada de los hijos de Evie para no contagiarlos.

Se despertó cuando el sol empezaba a ocultarse por el horizonte. Recordó que ese sería el último atardecer antes de que llegaran a Jeddah, y el pensamiento le dio nuevas energías. Se dio una refrescante ducha y se vistió con una túnica azul.

Hassan entró en la habitación y la miró preocupado.

–Hola, forastero –lo saludó ella.

Él sonrió. Una sonrisa cálida y encantadora, llena de amor y tentadoras sugerencias… «Mío», pensó Leona. «Es solo mío».

–Ya estoy vestida para desempeñar el papel de anfitriona, así que mantén las manos quietas –le advirtió.

–Sabes que puedo hacerte cambiar de opinión, ¿verdad?

Bromas, sonrisas y agradable conversación. ¿Acaso aquel hombre al que conocía y amaba tanto sería capaz de guardarle secretos?

No, claro que no. Tenía que dejar de pensar en ello de una vez.

–Resérvate para luego –le aconsejó mientras se anudaba un pañuelo de seda en la cabeza.

La expresión de Hassan se oscureció, y entonces Leona se dio cuenta de lo mucho que le gustaba que ella vistiera al estilo árabe. ¿Prefería que su mujer estuviera convenientemente tapada?

No. Basta. No podía permitir que la alcanzara el veneno de Zafina.

–Espérame –le pidió él–. Solo necesito cinco minutos para cambiarme, ya que me duché hace un rato, después de jugar al frontón con Samir.

—¿Quién ganó? —preguntó ella.

—Yo… haciendo trampas.

—¿Y él lo sabe?

—Pues claro. Pero cree que está en deuda conmigo, de modo que me permitió hacerlas.

—¿Quieres decir que le has inculcado la culpa de mi accidente?

Él le dedicó una sonrisa letal, que tuvo el mismo efecto que una descarga eléctrica en su pecho. Una ola de calor la invadió, mientras lo veía desnudarse y revelar sus apetitosos músculos, antes de ponerse una túnica.

—Si hay algo que he aprendido desde que te conozco —se burló ella—, es por qué los hombres prefieren a las mujeres con vestidos.

—Esto no es un vestido —objetó él.

Ella se levantó y le puso las manos en el pecho.

—Ya sé lo que es, querido —le susurró seductoramente—. Es una tentación.

Hassan se echó a reír, como un hombre consciente de su poder de atracción.

—Recuérdale eso a Samir. Tiene suerte de que no lo aplaste por tomarse tantas libertades con mi mujer.

Pero cuando Leona entró en el salón, vio que Samir estaba más interesado en ensalzar las libertades que Hassan se había tomado con él.

—Es un tramposo. No tiene ni pizca de honor. ¡Fue a Eton, por Alá! Se supone que allí transforman en caballeros a los salvajes del desierto.

—Oh, eso es lo que más me gusta de ti —le dijo Leona.

—¿El caballero?

—El salvaje —lo corrigió.

Todo el mundo se echó a reír. Incluso Zafina intento disimular su mirada maliciosa.

Aquella noche cenaron bajo las estrellas, y Leona se sorprendió al ver un cubo de hielo con botellas de champán. Algunos de los invitados bebían alcohol, y el vino solía ser la bebida preferida. Pero ni siquiera en la celebración del día anterior se había servido champán.

—¿Qué pasa? –le preguntó a Hassan.

—Espera y verás –le respondió, y se sentó en el otro extremo de la mesa.

Aquella era la última cena, pensó Leona, y se concentró en la comida. Pero al tomar la primera cucharada de sopa árabe, su estomagó se resintió.

—Mañana haremos una carrera de motos acuáticas –le dijo a Samir mientras dejaba la cuchara–. Y te prometo, como dama inglesa, que no haré trampas.

—Me temo que no será posible –intervino Hassan–. Se han suspendido los deportes en el agua hasta que revisemos las medidas de seguridad.

—¿Por qué? –protestó ella–. ¿Solo porque tuve la desgracia de sufrir un accidente que se da una vez entre un millón?

—Estuviste a punto de ahogarte. El chaleco salvavidas no funcionó como debería.

La conversión pasó a otros temas, y los camareros retiraron los platos de sopa y sirvieron el pescado. Leona ni siquiera quiso probarlo, y del arroz que sirvieron a continuación solo tomó dos bocados. Tampoco probó el pudín de miel.

Hassan tomó nota y miró a Evie. Ella le devolvió la mirada, diciéndole que también lo había notado.

—La señora Leona parece un poco… pálida –comentó Zafina al-Yasin, que estaba sentada al lado de Hassan–. ¿No se siente bien?

–¿Eso crees? –preguntó Hassan sorprendido–. A mí me parece que tiene muy buen aspecto. Pero, claro, estoy colado por ella. Eso hace que la vea de un modo distinto, ¿no? –agarró una cuchara y dio unos golpecitos en la copa de cristal para llamar la atención de todos–. Os pido disculpas por interrumpir vuestra cena –dijo–. Pero en unos minutos el capitán hará sonar la sirena. Como podéis ver, los camareros están llenando las copas de champán. No es obligatorio beber para nadie –aseguró con una sonrisa–. Pero como muestra de respeto a la tradición que impera en cualquier nave, me sentiría muy honrado si me acompañarais en un brindis, pues acabamos de cruzar el Trópico de Cáncer.

En ese momento sonó la sirena. Tres veces, al tiempo que Hassan se levantaba. Todo el mundo lo imitó. Algunos bebieron y otros no, pero todos alzaron sus copas. Luego, todos se acercaron a la barandilla y contemplaron el mar a oscuras, como si esperasen ver algún fenómeno físico que marcara aquel lugar especial.

Naturalmente, no hubo ninguno. Pero eso no parecía importar. Hassan puso las manos en la barandilla, a ambos lados de su esposa, y le dio un beso en la mejilla.

–¿Ves algo?

–Oh, sí –respondió ella–. Un letrero que sale del agua.

La risa de Hassan fue suave y seductora, y ella lo miró con una radiante sonrisa. «Bésame», le pidió con los ojos, pero él rechazó la propuesta arqueando una ceja, ya que los árabes no se besaban en presencia de invitados.

Sin embargo, ella decidió castigarlo por su rechazo y le pasó una mano por el muslo. Al instante Hassan sintió la reacción de su cuerpo. Leona tenía razón acerca de la túnica. Por su incapacidad para ocultar la respuesta física masculina, la tradición árabe exigía mantener las distancias con las mujeres cuando se estuviera en público.

—Te haré pagar por esto más tarde —le advirtió él.

—Me asustas, mi señor jeque —replicó ella en tono provocador.

Entonces una voz rompió la intimidad del momento. Hassan se irguió y le contestó a Jibril al-Mahmud, quien desde la reunión intentaba congraciarse con él. Leona tomó un sorbo de champán y le dedicó su atención a Samir, el otro intruso, quien estaba un poco enamorado de ella. Era otra de las razones por las que Hassan se alegraba de que el crucero acabara al día siguiente.

La tímida esposa de Jibril también se les unió, sonriendo tímidamente; luego, llegaron Rashid y Evie, a continuación Imran, y por último Abdul y Zafina.

Aquella noche no hubo disputas ni separaciones de sexos. Todos se quedaron juntos, hablando tranquilamente, y si no hubiera sido por un pequeño pero importante detalle, a Hassan la velada le habría parecido un éxito.

El detalle fue Leona. Parecía relajada, pero él podía ver la tensión en sus ojos y cómo se llevaba la mano al estómago, como si quisiera aliviar alguna molestia.

No había olvidado que apenas había probado bocado en todo el día. Decidió que al día siguiente, cuando llegaran a Jeddah, la llevaría al médico. Fuera lo que fuera, tenía que asegurarse de que no era grave, sobre todo viviendo en un país cálido.

Se repitió la misma decisión cuando se retiraron a su compartimento y Leona cayó exhausta.

—Estás enferma —le dijo él seriamente.

—Solo estoy cansada.

—No me tomes por tonto, Leona. No has comido nada. Está claro que sufres alguna molestia. Y tienes aspecto de enferma.

—De acuerdo —aceptó ella—. Creo que algún virus me ha infectado el estómago. Si tenemos tiempo mañana en Yeddah, iré al médico.

—Tendremos tiempo.

—Estupendo.

—Déjame que te ayude —Leona parecía cansada incluso para desnudarse, de modo que él lo hizo por ella, que lo aceptó agradecida.

Pero cuando Hassan le rozó con los nudillos la punta de los pechos, emitió un grito ahogado.

—¿Qué pasa?

—Los tengo muy sensibles —dijo ella. Los dos observaron con el ceño fruncido cómo los pezones se habían dilatado, rosados y erectos. Hassan no pudo evitar una sonrisa, y Leona se ruborizó—. Acabaré de desnudarme yo sola.

—Creo que será lo mejor —dijo él, y se quitó la túnica para demostrarle por qué había dicho eso.

—No sé… Se supone que estoy cansada y enferma y que necesito mimos.

—Sé muchas maneras de mimarte —dijo él acariciándole la mejilla—. Dulce y suave…

Los ojos de Leona brillaron ante la promesa, y los dos se fundieron en un cálido beso. Y él la colmó de cariño hasta que cayó dormida en sus brazos.

A la mañana siguiente, Leona desayunó media rebanada con mermelada y una taza de té sin leche. El pequeño Hashim se le acercó y le pidió que lo subiera en su regazo. Leona lo hizo, y juntos se tomaron la otra mitad de la rebanada. Hassan, Rashid y Evie la miraron con expresión sombría.

–Tengo que hablar contigo a solas, Hassan –le pidió Rashid–. ¿Has acabado de desayunar?

Segundos después, los dos hombres bajaban por las escaleras hacia las oficinas privadas de Hassan. Muchos los vieron retirarse, pero nadie, excepto Evie, se imaginó por qué lo hacían.

Cuando Rashid volvió junto a su esposa, ella lo miró expectante y él se encogió de hombros con pesar.

–Bueno, ya está hecho –le dijo, pero ninguno de los dos pareció satisfecho por la respuesta.

Hassan parecía estar conmocionado. No podía creerlo. Quería creerlo, pero no se atrevía, porque aquello cambiaba todo: su vida y el futuro de su matrimonio.

Se sentó en la mesa, ya que las piernas empezaban a flaquearle. Estaba temblando. No sabía qué pensar ni qué sentir. Ya había pasado antes por esa situación, y había aprendido que era mejor evitarla a toda costa.

Esperanza, frustración, dolor… Pero aquella vez era distinto. Tenía el presentimiento de en aquella ocasión podía tener confianza, sin dudas.

Se oyó un golpe en la puerta, y Rafiq entró sin darle tiempo a cambiar la expresión.

—¿De qué se trata? —le preguntó a Hassan—. ¿De nuestro padre?

Hassan negó rápidamente con la cabeza.

—Cierra la puerta —le pidió. No quería que nadie los pillara por sorpresa.

Alguien como Leona…

Ojalá Rashid no le hubiera dicho nada. Ojalá pudiera revivir la media hora anterior y cambiarlo todo. Ojalá…

—¿Hassan? —Rafiq interrumpió sus pensamientos.

Él alzó la vista y se encontró los ojos de su hermano, oscuros, semejantes a los suyos propios. Entonces decidió poner a prueba esos ojos, para averiguar lo que Leona vería en ellos si aparecía en ese momento.

—Evie… Rashid… creen que Leona puede estar embarazada.

Capítulo 10

A ESAS palabras siguió un silencio sepulcral, hasta que Hassan soltó un largo suspiro.

—Ve a ocuparte de nuestro padre —le dijo a Rafiq—. Tiene que saber que no traeré a Leona de vuelta a palacio si hay peligro de rumores. Si guarda alguna duda, la pondré bajo la protección de Rashid.

—No creo que Leona...

—¡Nadie tiene que pensar ni creer nada sobre mi esposa! —el hecho de que le gritara a Rafiq demostraba lo mal que estaba llevando el asunto—. ¡Ya nos han hecho demasiado daño las opiniones de los demás! Por eso quiero que hables con nuestro padre, no conmigo. Nadie más tiene que enterarse, ni siquiera Leona. Si no me equivoco, tendrá que descubrirlo por ella misma.

—Entonces ni siquiera debo decírselo a nuestro padre —dijo Rafiq.

—Leona y él se comunican mediante el correo electrónico —explicó Hassan—. Al viejo puede resultarle muy difícil no decirle nada.

—Puede que todo este plan no sea más que una pérdida de tiempo —dijo Rafiq mirando su reloj—. Dentro de una hora llegaremos a Jeddah. Si no te recompones a tiempo, a Leona solo le hará falta una mirada a tu cara para saber que algo grave ha ocurrido.

Hassan lo sabía, y enterró la cara entre las manos.

—Esto es una locura —murmuró.

—Ha sido algo inesperado —conformó su hermano—. ¿Y no crees que demasiado pronto para que alguien, incluidos los al-Kadah, emita un juicio semejante?

Rafiq tenía razón. Tres semanas no era tiempo suficiente, aunque solo llevaba unos segundos concebir a un hijo… Pero, ¿qué hombre? ¿Y el hijo de quién?

Masculló varias maldiciones, y se levantó para abrir la puerta que conectaba con la dependencia de su ayudante.

—¡Faysal! Encuentra a mi suegro esté donde esté. Tengo que hablar con él urgentemente —volvió a cerrar con un portazo—. Que Alá me salve de las mentes malvadas.

—No te comprendo —dijo Rafiq frunciendo el ceño.

—¡Tres semanas! Hace tres semanas, Leona estaba durmiendo en la misma casa que Ethan Hayes. Fue una de las razones por las que me vi forzado a traerla a este barco.

Leona no vio a Hassan hasta unos minutos antes de llegar a Yeddah. Casi todos los invitados estaban tomando un refresco en cubierta, mientras contemplaban las maniobras de atraque de un barco tan enorme.

En señal de respeto a las costumbres árabes saudíes, todos llevaban la ropa tradicional, incluido el pequeño Hashim, que lucía una pequeña túnica blanca y un gutrah.

Hassan apareció vestido de la misma manera, con Rafiq pisándole los talones.

—Hola, forasteros —los saludó Leona con una sonrisa–. ¿Dónde os habéis metido durante toda la mañana?

–Trabajando –respondió Rafiq devolviéndole la sonrisa, pero Hassan ni siquiera la miró y se volvió para hablar con Imran, el padre de Samir.

Leona frunció el ceño. Hassan parecía distinto, como si estuviera controlándose. Pero entonces el pequeño Hashim le llamó la atención, y no tuvo tiempo de seguir pensando.

Una flota de limusinas esperaba junto al embarcadero. Las despedidas y los agradecimientos se prolongaron durante una hora. Uno a uno, los coches se fueron llenando y llevándose a los pasajeros. El jeque Abdul y Zafina fueron los primeros, y Leona supuso que se irían bastante aliviados, aunque se despidieron cortésmente.

Los siguieron el jeque Imran y Samir, y luego el jeque Jibril y su esposa Medina, quienes le repitieron varias veces a Hassan que tenía su más completa lealtad. En el caso de Jibril, el dinero significaba mucho más que el poder.

Rashid y su familia fueron los últimos en marcharse. A la semana siguiente todos volverían a reunirse, cuando asistieran al aniversario del jeque Jalifa, pero en esa ocasión los niños se quedarían en casa, por lo que a Leona le dio pena despedirse de ellos, especialmente de Hashim.

Cuando todo el mundo se fue, Rafiq se excusó y se fue a buscar a Faysal, y Hassan dijo que tenía que ir a darle las gracias al capitán. De modo que la dejaron sola, sintiéndose un poco rechazada.

Estaba segura de que algo iba mal, aunque no imaginaba qué podía ser. Y, conociendo a Hassan como lo conocía, no podía esperar enterarse hasta que él quisiera contárselo. Así que se encogió de hombros y siguió a Hassan a agradecer a la tripulación sus cuidados. Cuando acabaron tenían el tiempo justo para ir al aeropuerto si querían llegar a Rahman antes del anochecer.

Rafiq y Faysal fueron con ellos, lo que le dio a Hassan la excusa perfecta para mantener una conversación sencilla y ligera. En la pista los aguardaba un jet Lear con el escudo dorado de al-Qadim, preparado para transportarlos a Rahman. El oasis de al-Qadim tenía su propio aeropuerto, y allí un todoterreno los esperaba para llevarlos al palacio.

A Leona se le hizo un nudo en el estómago cuando pensó que aquel era su hogar. Londres, Inglaterra… hacía tiempo que ya no lo eran.

Atravesaron las puertas de la entrada principal, y Hassan la ayudó a bajar. Cuando entraron, se encontró flanqueada por dos hombres de aspecto orgulloso.

—Mi padre desea vernos enseguida –dijo Hassan–. Por favor, intenta no mostrarte muy afectada cuando lo veas tan deteriorado.

—Por supuesto –le aseguró ella. Le dolía que Hassan creyera necesario decírselo. Entonces vio al anciano jeque recostado entre un montón de almohadones en su diván favorito.

Sus hijos se adelantaron, y ella se mantuvo a cierta distancia. Vio cómo el anciano les estrechaba a ambos las dos manos. Siempre lo había visto tratar a sus hijos con igualdad. Los tres hablaron en árabe entre ellos. Era un privilegio presenciar aquello. Cuando el jeque advirtió la presencia de Leona, le brillaron tanto los ojos que ella comprobó cómo su espíritu seguía vivo.

–¿Y bien? ¿Qué te parecen mis dos guerreros? –le preguntó–. Te han traído de vuelta con garbo y estilo. Una mujer no puede menos que estar impresionada.

–Impresionada por su arrogancia, su descaro y su despreocupación por mi seguridad –respondió Leona–. Casi me ahogo en dos ocasiones, y me caí por las escaleras. Y encima te atreves a estar orgulloso de ellos.

Nadie se molestó en acusarla de insolencia, porque el viejo se echó a reír. Mandó a sus hijos que se retiraran, y le ofreció las huesudas manos a Leona.

–Ven y salúdame como es debido –le ordenó– Vosotros dos podéis marcharos. Mi nuera y yo tenemos que hablar.

Hassan se quedó dudando, como preparándose para discutir, pero el anciano lo fulminó con la mirada. Padre e hijo se enfrentaron en un silencioso duelo, hasta que Hassan asintió y se marchó, acompañado de Rafiq.

–¿A qué viene todo esto? –preguntó Leona, dándole a su suegro un beso en la mejilla.

–Se preocupa por ti –le respondió el jeque.

–O por ti –replicó ella.

Él sabía a lo que se refería y dejó escapar un suspiro.

–Me muero –dijo sin más rodeos–. Hassan lo sabe. Los dos lo saben, y no les gusta saber que no pueden hacer nada.

–¿Pero te has resignado a lo peor? –le preguntó ella amablemente.

–Sí. Ven, siéntate aquí –le indicó el taburete almohadillado que había junto al diván–. Ahora, dime, ¿has regresado porque Hassan te ha obligado o porque aún lo amas?

—¿Puede ser por ambas razones?

—Él te necesita.

—Pero no Rahman.

—Ah… Ese estúpido de Abdul pensó que podría forzarnos, pero pronto se dio cuenta de lo contrario.

—Entonces fue el jeque Abdul quien conspiró contra mí —murmuró Leona.

—¿Hassan no te lo dijo? —soltó un suspiro de impaciencia.— He sido un ingenuo al pensar en que lo haría.

—Tal vez por eso no ha querido dejarme a solas contigo —dijo ella con una sonrisa—. Pero ya me lo había figurado. Lo sé todo sobre Nadira.

La mención de ese nombre no sentó bien al jeque Jalifa, que se retorció incómodo en el diván, y alargó un brazo para tocarle la mejilla.

—Rahman necesita a mi hijo, y mi hijo te necesita a ti. Pase lo que pase en el futuro, necesito saber que estarás aquí para apoyarlo cuando yo no esté.

Aquellas duras palabras se le clavaron a Leona en el interior. ¿Qué quería decir? ¿Que Nadira seguía siendo la única opción si Hassan quería seguir los pasos de su padre?

Antes de que pudiera preguntar nada más, el jeque se recostó de espaldas, agotado. Y, sin pensar, Leona siguió la rutina de siempre. Agarró el libro que yacía boca abajo sobre la mesa y empezó a leer en voz alta.

Pero su mente estaba en otra parte. Pensaba en contratos y en los métodos de Hassan. Parecía un hombre distinto, un hombre que evitaba el contacto visual, como si estuviera ocultando algo…

El anciano jeque no tardó en dormirse, y Leona dejó el libro.

Odiaba volver a tener dudas. No tenía más remedio que contarle a Hassan lo que Zafina le había dicho, y esperar que lo negase todo para olvidar definitivamente el asunto.

Pero, ¿y si no lo negaba?, se preguntó mientras salía de la habitación del jeque. La posibilidad la hizo caminar con pies de plomo por el abrillantado suelo de palacio.

No quería hacerlo, pensó mientras subía las escaleras de mármol y atravesaba puertas de cedro y arcos de herradura. No quería darle a entender que dudaba de su palabra.

El corazón empezó a latirle con fuerza cuando se acercó al despacho privado de Hassan. Estaba a cinco metros de distancia cuando la puerta se abrió y apareció Hassan. Llevaba la cabeza descubierta, una túnica blanca y un thobe azul. Al verla se detuvo, y su expresión se tornó inescrutable.

Fue como si le cerraran una puerta en las narices. Las dudas afluyeron de golpe, se le aceleró el pulso y un zumbido interno le resonó en los oídos. Una punzada de calor le recorrió el cuerpo… y lo siguiente que supo fue que estaba en el suelo de mármol, con Hassan arrodillado junto a ella.

–¿Qué te ha pasado? –le preguntó con voz áspera y estridente cuando la vio abrir los ojos.

Leona no podía responder. No quería responder. Volvió a cerrar los ojos y lo oyó maldecir. Sintió una mano en la frente y otra en la muñeca. Hassan le pasó los brazos por detrás de los hombros y las rodillas y se puso en pie.

–¡Ay! –exclamó ella cuando sus pechos chocaron contra el esternón de Hassan.

Él se quedó de piedra, pero ella no lo notó porque enseguida estalló en lágrimas. Se sentía más débil y mareada que en toda su vida. Hundió la cara en el hombro de Hassan y dejó que la llevara a donde quisiera.

Cuando volvió a abrir los ojos se encontró en su antigua habitación. Él la acostó en la cama y se inclinó a su lado.

–¿Qué te ha dicho mi padre? –le preguntó–. ¡Sabía que no debía dejaros a los dos solos! Te ha dicho que no deberías haber vuelto, ¿verdad?

–¿Eso es lo que crees? –tenía los ojos enrojecidos por las lágrimas.

–Sí... ¡No! Por si no lo has notado, mi padre ya no puede pensar con claridad.

–El jeque Abdul estaba detrás del complot para secuestrarme. En mi opinión, todo está muy claro al respecto.

–Sabía que iba a ser un error –dijo Hassan con un suspiro, al tiempo que se sentaba.

–Me has mentido otra vez –lo acuso ella.

–Por descuido –aceptó él–. La implicación de Abdul no puede demostrarse. Solo son habladurías por las que no se puede correr el riesgo de librar una guerra entre familias.

–Pero tú tienes el contrato que implica a Nadira por si las cosas se desmandan...

Esa vez sí vio que Hassan se quedaba de piedra. Tenía la respuesta que había intentando evitar. Ignorando los mareos, se sentó y se quitó las sandalias.

–¿También te ha contado eso? –le preguntó él con voz profunda.

–Lo hizo Zafina.

—¿Cuándo?

—¿Importa cuándo fue? El contrato existe y yo lo vi. Tú creíste oportuno no contármelo. Pero, ¿qué crees que significa para mí todo lo que está pasando aquí?

—No significa nada —dijo él—. Es solo una pedazo de papel con unas cuantas palabras. No tiene ningún valor a menos que varias personas estampen su firma.

—Pero tú tienes una copia.

Él no respondió.

—La tenías incluso antes de ir a España a buscarme. ¿De qué se trata? ¿De un seguro por si Rashid no podía sacarte de apuros?

—Podrías confiar en mí.

—Y tú, mi señor jeque, deberías haber confiado en mí. Tal vez entonces no nos viéramos en este problema —se levantó de la cama y empezó a caminar.

—¿Adónde vas? —le gritó—. Vuelve aquí. Tenemos que…

La fría mirada de Leona lo acalló, y el modo en que se llevó una mano a la frente y otra al estómago lo hizo palidecer.

—Voy al baño —le informó—. Y luego voy a acostarme y dormir. Te agradecería que no estuvieras aquí cuando vuelva.

Hassan vio cómo se encerraba en el cuarto de baño. Se levantó y se acercó a la ventana, desde donde contempló la oscuridad que se tragaba el exterior.

¿Qué podía hacer? Zafina al-Yasin había empleado bien sus armas. Nada mejor para quebrantar la confianza de Leona en él que un documento firmado. No se creería que tan solo era una medida para ganar tiempo. ¿Cómo iba a creerlo, si él no le había contado la verdad desde un principio?

Suspiró y salió de la habitación. Era mejor dejarla sola. No podía hacer nada para cambiarlo, porque tenía que enfrentarse a otro grave problema.

Tenía un contrato en el que expresaba su acuerdo a tomar una segunda esposa. Y tenía una esposa de quien sospechaba que llevaba dentro a su primer hijo. Leona jamás creería que eso no pudiera protegerlo contra la sentencia de la carta.

—Faysal —llamó al tiempo que entraba en la oficina de su ayudante—. Dile a Rafiq que venga, por favor.

—Estás tan pálida como un fantasma —observó el anciano jeque.

—Estoy bien —le aseguró Leona.

—Me han dicho que te desmayaste el otro día.

—El mar me sigue mareando —explicó ella—. ¿Y tú cómo te has enterado?

—Las paredes de palacio tienen ojos y oídos —respondió él con una sonrisa—. Y por eso sé que cuando mi hijo no está conmigo, vaga por ahí pensando que su padre ha muerto.

—Es un hombre muy ocupado y tiene obligaciones importantes.

—También tiene una esposa que duerme en un sitio mientras que él duerme en otro.

—¿Quieres acabar este capítulo o no?

—Preferiría que confiaras en mí —le susurró el anciano—. Solías hacerlo antes de que cayera enfermo.

Leona dejó escapar un suspiro, soltó el libro, y se levantó para ir a sentarse a su lado. Le tomó una mano, fría y esquelética, y la besó suavemente.

—No te preocupes tanto, viejo —le dijo con dulzura.– Sabes que cuidaré de tus dos hijos por ti, te lo he prometido, ¿recuerdas?

–Pero tú eres desgraciada. ¿Crees que eso no me preocupa?

–Yo… me rebelo contra las razones por las que estoy aquí –no iba a mentirle. No era justo–. Ya conoces los problemas. No van a retirarse solo porque Hassan lo desee.

–Mi hijo te desea sobre todas las cosas, hija de Victor Frayne –le dijo, usando el modo árabe que tenía de llamarla, porque sus leyes exigían que una mujer mantuviera el nombre del padre después del matrimonio–. No hagas que elija demostrártelo.

Capítulo 11

NO hagas que elija…», al día siguiente aquellas palabras seguían sonando en la cabeza de Leona.

Mareos por la mañana, mareos por la noche, mayor sensibilidad en los pechos y algunos otros cambios corporales que no podía seguir ignorando. Todo eso le decía algo que no estaba segura de querer saber.

Embarazada. Podía estar embarazada. No era seguro, ya que nunca había tenido una menstruación muy regular, pero aún era pronto para saberlo.

Ni siquiera llevaba un mes con Hassan. ¿Cómo podía estar segura en tan poco tiempo? En esos momentos tenía la mente en blanco, pero fue en esa mañana cuando sus sospechas se intensificaron. Al levantarse de la cama se había sentido mareada y con náuseas antes de poner los pies en el suelo. Luego, en la ducha, comprobó los cambios en su cuerpo. Además, también se sentía distinta por dentro.

Era el instinto femenino, aunque al mismo tiempo albergaba dudas, ya que los médicos le habían dado pocas probabilidades de que aquello sucediera.

¿Y Hassan? No se atrevía a contárselo, por miedo a infundarle falsas esperanzas.

Necesitaba uno de esos tests de embarazos. Pero, ¿cómo conseguirlo sin llamar la atención de medio Rahman? No podía visitar a ningún farmacéutico sin que se corriera la voz.

«Llama a Hassan», le increpaba la voz de la conciencia. «Pídele que traiga un test».

Sí, desde luego. ¿Cómo iba el jeque Hassan al-Qadim a entrar en una farmacia para comprar un test de embarazo?

Rafiq… No, Rafiq tampoco. Oh, Dios, ¿por qué no había más mujeres en aquel maldito palacio?

¿Y las criadas? Había docenas a su servicio, todas ellas propensas a difundir rumores por el país.

Como si hubiera conjurado a una, se oyó un golpe en la puerta y una criada entró en la habitación. Le llevaba el vestido que Leona había encargado.

—Es muy bonito, mi señora —le dijo con timidez.

Y muy rojo, pensó Leona con el ceño fruncido. ¿Por qué había tenido que elegirlo rojo? Lo había confeccionado un diseñador local a la moda árabe. Era de fina seda, con pantalones a juego y thobe, y con hilos dorados hermosamente bordados.

—La señora brillará sobre todas las estrellas mañana por la noche —dijo la criada.

«Mañana por la noche», repitió Leona para sí misma. Era la noche de celebración del aniversario del jeque Jalifa, por lo que tendría que recibir a cientos de invitados, cuando lo único que quería hacer era…

¿Pero dónde tenía la cabeza?, pensó con furia. Se acercó rápidamente al teléfono que había junto a la cama.

Embarazada.

Se le hizo un nudo en el estómago y se le cortó la

respiración. Era una situación desesperada. El miedo se mezclaba con la esperanza y con mil cosas más...

–Gracias, Leila –consiguió decirle a la criada, que esperaba inmóvil como una estatua.

Cuando la puerta se cerró, agarró la agenda telefónica y pasó las páginas con dedos temblorosos, hasta encontrar el número de Evie al-Kadah, en Behran.

Hassan estaba harto. Aún le quedaban cinco horas para llegar a casa, de vuelta del palacio del jeque Abdul. Debería sentirse satisfecho, pues había conseguido que la reunión fuera como él quería. Tenía la copia del contrato, después de haber aireado unas cuantas verdades, y había hecho que el jeque y su esposa comprendieran su equivocación.

Pero aquello había requerido cinco horas de coche a través de las montañas de Rahman, y otras cinco de vuelta. A Rafiq podía sentarle bien la conducción, pero a él no. Se sentía tenso e impaciente, y no veía el momento de regresar junto a Leona con la conciencia limpia.

Por ello el pinchazo que sufrieron no fue bien recibido. Cuando consiguieron levantar el coche, sujetando el gato entre las rocas, el sol empezaba a ponerse. Luego, habiendo recorrido tan solo un kilómetro, se quedaron atascados en la arena. Y en esa ocasión no pudo culpar a Rafiq, ya que se había hecho cargo del volante él mismo. Aunque no perdieron mucho tiempo empujando el vehículo, tuvieron que detenerse de nuevo cuando los sorprendió una tormenta de arena.

Como consecuencia, ya era muy tarde cuando franquearon las puertas de palacio. Y cuando entró en el dormitorio, después de haberse sacudido la arena, encontró a Leona dormida.

¿Debía despertarla o marcharse?, pensó mientras la contemplaba. Estaba acostada de lado, con una mano sobre la almohada donde él debería estar.

Murmuró algo en sueños, tal vez porque sintiera su presencia, y Hassan estuvo tentado de acostarse junto a ella, despertarla y contárselo todo.

Pero no era el momento para un discurso semejante. Podría volverse en su contra y a ella hacerle daño. Y el día siguiente ya prometía bastantes conflictos. No había necesidad de empeorarlo con una ridícula esperanza.

De modo que no la despertó y se dio la vuelta, sin darse cuenta de que ella abría los ojos y lo veía alejarse.

El deseo de llamarlo, de ir tras él y revelarle sus sospechas, sacudió todos los músculos y nervios de Leona. Pero no era justo ofrecerle falsas esperanzas. Lo mejor sería esperar hasta que estuviese segura.

La puerta que separaba las dos habitaciones se cerró, aislándolos a cada uno en la suya.

El día siguiente transcurrió de forma similar. Él la evitaba y ella lo evitaba. Caminaban por el palacio en direcciones opuestas, como si fueran dos satélites programados para no cruzarse. A las seis de la tarde Leona estaba preparándose en su habitación para la cena. A las siete estaba lista, después de haber cambiado cien veces de vestido antes de decidirse por el conjunto rojo.

Cuando Hassan entró minutos más tarde, la dejó sin respiración. Alto, esbelto y con la cabeza descubierta, llevaba una túnica azul con un cuello trenzado de oro. Una amplia faja dorada resaltaba su torso.

Era la arrogancia personificada. Un príncipe entre los hombres. Para Leona, el único.

—Estás preciosa —murmuró.

Ella quiso responder, pero no se atrevía a decir nada, por miedo a estropearlo todo.

—El perdón, querida, es solo una sonrisa —le dijo caminando hacia ella.

—¡Pero no tienes nada por lo que perdonarme! —protestó.

—¿Echarme de tu cama no exige perdón? —le preguntó con la ceja arqueada.

—Te fuiste por voluntad propia —le respondió—. En lo que tú definirías como un berrinche.

—Los hombres no tienen berrinches.

«Pero tú no eres un hombre cualquiera», le quiso decir.

—¿Entonces qué hacen?

—Se retiran de la lucha cuando saben que no pueden ganar —le dijo con una sonrisa, y sacó una caja envuelta con seda negra y atada con una cinta—. Toma, un regalo para hacer las paces.

Ella supuso que contendría una joya, pero al sostenerla comprobó que era demasiado ligera. Entonces el corazón le dio un vuelco ante una terrible sospecha.

—¿Qué es? —preguntó con recelo.

—Ábrelo y lo verás.

Ella desató el lazo con dedos temblorosos y descubrió una caja dorada. Podía contener cualquier cosa, pero contuvo la respiración mientras levantaba la tapa.

Entonces frunció el ceño, sin saber por qué Hassan le regalaba una caja llena de pedazos de papel… hasta que reconoció el sello estampado en uno de los trozos.

—¿Sabes lo que es? —le preguntó él con calma.

–Sí.

–Las tres copias del contrato son ahora nuestras –le explicó–. Y en el ordenador de Faysal se ha borrado cualquier evidencia de que alguna vez se redactó. Ya está; ahora podemos volver a ser amigos –le quitó la caja de las manos y la arrojó sobre la cama.

–Pero esto no cambia el hecho de que fue escrito –señaló ella–. Ni garantiza que no pueda volver a escribirse si fuera necesario.

–Tú misma lo has dicho –respondió él–. Si fuera necesario. Te he entregado los pedazos como muestra de que no lo es. Se acabó, Leona. No quiero perder más tiempo con los ambiciosos planes de Abdul.

–¿Esperas que me lo crea?

–Sí –respondió con total convicción.

Ella levantó la vista, y por primera vez en días se miraron a los ojos. Y entonces Leona se dio cuenta de por qué evitaban el contacto visual cuando había tensión entre ellos. Sus miradas implicaban la verdad. La verdad absoluta. Ella lo amaba y él la amaba. ¿Qué o quién podría interponerse?

–Creo que estoy embarazada –susurró.

Vio que Hassan se quedaba pálido y que cerraba los ojos, como si fuera a desmayarse.

Llevaba días esperando ese momento, pensó él. Y cuando por fin llegaba, ¡se quedaba conmocionado sin poder reaccionar!

–Podría matarte por esto –murmuró–. ¿Por qué me lo dices aquí y ahora, cuando dentro de diez minutos tenemos que bajar a saludar a un centenar de invitados?

–No te gusta… –dijo ella con voz temblorosa. No había sido la respuesta que esperaba.

–Dame fuerzas –masculló él entre dientes–. ¡Estúpida mujer! ¡Pues claro que me gusta! ¡Pero mírame! Estoy más pálido que un muerto.

–Me has dado algo que necesitaba, y yo he querido darte lo que tú necesitabas.

–¿Diez minutos antes de enfrentarme a lo más alto de la sociedad árabe?

–Vaya, muchas gracias por preocuparte de cómo me siento yo –espetó, y se dio la vuelta.

Oh, qué Alá lo ayudase. ¿Qué estaba haciendo? La sujetó por los hombros y la hizo girarse. Ella también estaba temblando. Era tan delicada y frágil, tan hermosa...

Y entonces la besó. ¿Qué otra cosa podía hacer?

–No tendría que habértelo soltado así –murmuró ella a los pocos segundos.

–Sí, claro que sí –argumentó él–. ¿Cómo si no?

–Puede que no sea cierto.

–Lo sea o no, lo afrontaremos juntos. Te quiero, ¿no basta con eso?

–¿Para ti? –la miró como una niña indefensa.

–Todo Rahman sabe lo que siento por ti, Leona –le dijo tristemente–. Pero nunca hemos hablado de cómo vives tú esta situación.

–No soporto que sigas defendiendo mi lugar en tu vida –reconoció ella.

–Me gusta defenderte.

–No le dirás esto a nadie, ¿verdad? –le preguntó de repente–. Tienes que mantener el secreto hasta que estemos seguros.

–¿Crees que soy tan manipulador? Mañana llamaremos al médico.

Leona negó con la cabeza.

–Si hacemos eso, todo Rahman lo sabrá en menos de cinco minutos. Recuerda lo que pasó cuando fui a verlo para averiguar por qué no podía quedarme embarazada.

–Pero tenemos que saber...

–Evie va a traerme un test de embarazo –lo interrumpió–. La llamé y se lo conté. Al menos puedo confiar en que ella no se lo dirá a nadie.

–¿Qué dijo?

–Dijo que debía decírtelo –respondió con una triste sonrisa–. Pero desearía no haberlo hecho, porque al mirarte tengo el horrible presentimiento de que se te va a notar.

«Confiésalo», se ordenó Hassan a sí mismo. «Cuéntaselo antes de que los al-Kadah le digan que tú ya lo sabías».

Un golpe en la puerta los distrajo. Hassan abrió y vio a Rafiq.

–Los invitados empiezan a llegar –le informó–. Tendríais que estar abajo.

Invitados... Cielos, su vida estaba en crisis y él tenía que ser cortés con los invitados.

–Dentro de cinco minutos.

–¿Estás bien? –le preguntó Rafiq con el ceño fruncido.

–Cinco minutos –repitió, y cerró la puerta.

Dejó que Leona terminara de maquillarse, reprimiendo el deseo de besarla hasta la extenuación, y fue a la otra habitación a ponerse el gutrah con los anillos dorados. Al volver vio que también Leona se había cubierto la cabeza con un pañuelo rojo con adornos dorados.

–Es la hora del espectáculo –dijo él.

En efecto. Fue como en el yate, pero a una escala mucho mayor. Tuvieron que saludar a jefes de estado de toda Arabia, diplomáticos del extranjero, altas personalidades… Algunos llevaban a sus esposas, hijos e incluso hijas, y otros acudían solos. Algunas mujeres llevaban velo, y todas iban vestidas con los exóticos colores que tanto favorecían a las mujeres árabes.

Todo el mundo fue cortés y atento, y todos se preocuparon por el estado del jeque Jalifa, quien aún no había aparecido. Aquella era su noche, y los médicos habían insistido en que tomara sedantes durante todo el día para conservar sus escasas fuerzas. Pero cuando Leona había ido a visitarlo, lo encontró animado y entusiasmado.

–Rafiq debería estar aquí –le dijo a Hassan, cuando se dio cuenta de que su hermano había desaparecido.

–Tiene otras obligaciones –respondió él, y se volvió para recibir al siguiente invitado.

El jeque Abdul acudió sin su esposa Zafina, lo que era una ausencia significativa. Se mostró cortés con Leona, que era lo más que podía esperarse de él. También llegaron el jeque Jibril, acompañado de su esposa Medina, y el jeque Imran con Samir.

Cuando entraron el jeque Rashid y Evie e intercambiaron miradas, Leona se ruborizó. Pero también se ruborizó cada vez que Hassan la miraba y veía el secreto ardiendo en sus ojos.

–No… –le susurró, apartando rápidamente la mirada.

–No puedo evitarlo –respondió él.

–Inténtalo –en ese momento la llegada de nuevos invitados llamó su atención.

Su corazón estuvo a punto de detenerse por la sorpresa.

Dos hombres vestidos al estilo occidental, con traje negro, camisa blanca y corbata. Leona ahogó una exclamación de alegría y se arrojó en los brazos de su padre.

Alto, delgado y en muy buena forma para sus cincuenta y cinco años, Víctor Frayne recibió a su hija y aceptó el beso en la mejilla.

–¿Qué haces aquí? ¿Por qué no me lo dijiste? Ethan… –le agarró una mano–. ¡No puedo creerlo! Hablé contigo esta mañana. ¡Pensé que estabas en San Esteban!

–No, estaba aquí, en el hotel Marrito –respondió su padre con una sonrisa–. Gracias a tu marido.

Leona se volvió y miró a Hassan.

–Te quiero –le dijo sin poder contenerse.

–Está empeñada en ruborizarme –dijo Hassan. La tomó por la cintura y le tendió la mano a su suegro y a Ethan Hayes–. Me alegra que hayáis podido venir.

–Yo también –respondió Ethan con un cierto tono de dureza.

Pero Leona estaba demasiado contenta para notarlo, incluso para oír los rumores que circulaban por la sala de su supuesta relación con el socio de su padre.

De repente todo el mundo calló, porque Rafiq había entrado, empujando una silla de ruedas en la que iba sentado el jeque Jalifa ben Jusef al-Qadim.

Parecía diminuto y frágil junto a la enorme envergadura de su hijo. Solo era una sombra de lo que fue, pero sus ojos brillaban y sus labios sonreían.

–Sed todos… bienvenidos –los saludó con gran esfuerzo–. Por favor, no me miréis como si estuvierais en mi funeral, porque he venido para divertirme.

Todos se relajaron, y Rafiq lo llevó hasta el extremo de la sala.

—Víctor —saludó al padre de Leona—. Te he robado a tu hija, de modo que ahora es mía. Te pido disculpas, pero no lo lamento. ¿Entiendes?

—Creo que podemos compartirla —respondió Víctor Frayne elegantemente.

—Y… ah… —volvió la atención a Ethan—. Señor Hayes, es un gran placer para mí conocer al buen amigo de Leona. Quiero que Víctor y tú vengáis a verme mañana. Tengo un proyecto que puede interesaros… Rafiq, llévame a ver al jeque Rashid.

Leona pasó el brazo por la cintura de Hassan, y observó cómo el anciano cumplía con su última comparecencia social.

Rafiq lo acomodó en su diván favorito, desde donde podía controlar toda la fiesta, y los viejos jeques de las tribus del desierto se sentaron a su alrededor.

Hassan se llevó a Víctor y a Ethan para presentarlos a los invitados, y la tímida Median al-Mahmud aprovechó el momento para acercarse a Leona. Las dos se pasearon de grupo en grupo. La fiesta parecía ser un éxito. Los sirvientes servían café y dulces, y el aire estaba impregnado de un delicioso olor a incienso.

Pero entonces Leona oyó tras ella la voz del jeque Abdul.

—Una estratagema muy hábil. Estoy impresionado. ¿Cuántos de los aquí presentes pensarían ahora que el señor Hayes es el amante de su encantadora esposa?

Leona fingió no enterarse y siguió caminando y luciendo una sonrisa. Pero el daño estaba hecho. La fiesta se había arruinado para ella. No se le había ocurrido que su padre y Ethan estuvieran allí por otra razón que no fuera complacerla.

Evie acudió en su ayuda.

—Dime dónde puedo refrescarme un poco —le pidió.

Leona se excusó ante las personas con las que estaba, pero una mano la agarró por la manga.

—He visto tu cara —le dijo Medina—. El jeque Abdul tiene una lengua mordaz tras la visita que le hizo Hassan ayer, y su mujer está en purdah.

Purdah era la práctica musulmana por la que se mantenía a las mujeres alejadas del contacto con los hombres.

—¿Qué pasa? —le preguntó Evie cuando las dos se alejaron.

—Nada —respondió Leona. ¿A qué visita se refería Medina?

La velada transcurrió sin incidencias, y cuando Hassan le sugirió a su padre que se despidiera, el anciano jeque no protestó. Rafiq lo volvió a sentar en la silla de ruedas y se lo llevó discretamente por una puerta lateral, tal y como el propio Jalifa había decidido.

—¿Cuánto tiempo? —preguntó gravemente Víctor.

—No mucho —le respondió Leona, y se esforzó por animarse, ya que el jeque había querido que su trigésimo aniversario se recordara por la hospitalidad, no por su necrológica.

Era muy tarde cuando se marchó el último de los invitados. Leona pensó que podía permitirse un suspiro de alivio, por lo bien que había ido todo. Pero entonces recordó que aún quedaba algo por aclarar. El corazón se le aceleró cuando Hassan se acercó a ella y juntos subieron las escaleras hasta sus aposentos privados.

—¿Te ha traído Evie…?

—Sí —lo interrumpió ella apartándose de él—. No quiero saberlo —estaba aterrorizada.

—Mañana la respuesta será la misma, y al día siguiente y al otro.

Tal vez fuera una suerte que el teléfono empezase a sonar. Hassan contestó, y al cabo de medio minuto esbozó una triste sonrisa.

—Mi padre está inquieto —le dijo a Leona—. Necesita hablar. ¿Te importa que vaya con él, o llamó a Rafiq y…?

—No —se apresuró a negar—. Ve tú.

—No… no harás nada sin mí, ¿verdad?

Ella negó con la cabeza.

—Mañana —le prometió—. Cu… cuando haya descansado.

Hassan se acercó y le dio un beso de comprensión.

—Acuéstate e intenta dormir. Volveré tan pronto como pueda.

Se dirigió hacia la puerta, y entonces Leona recordó el otro motivo de su inquietud.

—Hassan… Has invitado a mi padre y a Ethan con un propósito especial, ¿verdad?

Él se detuvo y se volvió para mirarla.

—Limitar los daños —le confirmó—. Puede que no nos guste tomar una medida tan humillante, pero había un problema que debía ser resuelto. *Inshallah* —se encogió de hombros y salió.

Capítulo 12

INSHALLAH, «si Dios quiere». Era la respuesta perfecta a una situación incómoda, pensó Leona. Soltó un suspiro de insatisfacción y atravesó la habitación para preparar la cama.

En el cajón de la mesita de noche se apilaban los regalos que Evie había llevado de Behran. El test de embarazo la hacía temblar, de modo que se apartó para ponerse el pijama, se acostó y apagó la luz. El sueño no tardó en invadirla, después de un día tan largo.

Cuando despertó, una hora después, no vio el cuerpo de Hassan a su lado. Y entonces lo supo. No supo cómo, pero lo supo. Se levantó de un salto, se puso una bata y corrió hacia la puerta. El corazón le latía frenéticamente mientras bajaba las escaleras.

Era el jeque. Ya fuera por instinto o premonición, sabía que algo malo había pasado.

Corrió descalza por el pasillo y llegó a la puerta del jeque. Estaba abierta. Entró, y no vio a nadie. Entonces oyó un ruido que salía de la habitación contigua y el corazón le dio un vuelco.

Allí habían instalado un equipo médico completo, destinado a cualquier emergencia, como la que en esos momentos Leona presenciaba.

No pudo ver al jeque, porque los médicos y las enfermeras se agrupaban a su alrededor. A quien si vio fue a Hassan y también a Rafiq, los dos inmóviles como estatuas al pie de la cama. Sus rostros estaban tan blancos como los gutrahs que aún cubrían sus cabezas.

Una frenética actividad llenaba la estancia. Podía oírse el angustioso sonido del monitor, que incrementaba el pulso a un ritmo escalofriante. Era una visión espantosa, como en una película de terror. Alguien sostenía una aguja hipodérmica...

No, pensó Leona. No podían hacerle eso. Aquella era la habitación del jeque Jalifa, donde tenía su diván, sus libros, sus cojines favoritos. Necesitaba rodearse de amor, de sus hijos, de música suave, no de aquellos horribles pitidos que le agotaban la vida.

–¡Apagadlo! –exclamó–. ¡Apagadlo! No quiere oírlo...

–Leona –susurró Hassan.

Ella lo miró, y él a ella. La agonía podía palparse en el espacio que los separaba.

–Diles que lo apaguen –le rogó.

El rostro de Hassan pareció recobrar un poco de compostura, mientras que Rafiq ni siquiera parecía notar la presencia de Leona.

Había que aceptarlo. A Leona se le hizo un nudo en la garganta, recorrió los metros que la separaban de la cama, y entonces vio a la figura fantasmal que allí yacía.

No, no podían hacerle eso, pensó otra vez. Alargó un brazo para sujetarle la mano, y casi golpeó sin querer a una de las enfermeras.

Estaba frío. Muy frío. Las lágrimas afluyeron dolorosamente a sus ojos.

—Jeque… —balbució con voz temblorosa—. ¡No puedes hacerme esto!

—Leona…

Los dedos que sostenía en la mano intentaron moverse. Oh, Dios, él sabía lo que le estaba pasando…

—¡Apagad ese ruido! ¡Apagadlo! —los dedos intentaron moverse de nuevo—. ¡No te atrevas a dejarnos ahora! —le dijo enérgicamente.

—¡Leona! —la voz de Hassan sonó con más fuerza. Estaba conmocionado, igual que todos.

—Escúchame —exclamó ella, y se llevó la fría mano a la mejilla. Los dedos se movieron. La estaba escuchando. Podía oírla. Se acercó a más a él, derramando sus cabellos sobre la almohada—. Escúchame —repitió—. Voy a tener un hijo, jeque. Tu primer nieto. ¡Dime que me has oído!

Los dedos se movieron, y ella rio entre sollozos y se los besó.

—¿Qué crees que estás haciendo? —le espetó Hassan agarrándola por el hombro.

Estaba furioso, pero ella no podía contestar. Todo había ocurrido como tenía que ocurrir. *Inshallah*.

—Puede oírme —dijo finalmente—. Entiende lo que le digo —le ofreció a Hassan la mano de su padre—. Háblale —le rogó—. Háblale de nuestro hijo —las lagrimas caían por sus mejillas. Nunca había visto a Hassan tan furioso—. Necesita oírtelo decir. Díselo, Hassan. Por favor…

Entonces los pitidos del monitor aumentaron frenéticamente de ritmo. Los médicos y enfermeras se abalanzaron sobre el jeque. Hassan soltó la mano de su padre y apartó a Leona.

–Más vale que le hayas dicho la verdad, o nunca te lo perdonaré –la amenazó.

Leona miró el monitor, luego a Rafiq, y entonces se soltó de Hassan y corrió hacia su habitación.

Cruzó los pasillos y las escaleras a toda velocidad, sin prestar atención a los criados que la miraban ansiosos. Entró en su dormitorio y abrió el cajón de la mesita de noche. Con manos temblorosas sacó el test de embarazo y rasgó el envoltorio de celofán. Desplegó el folleto de instrucciones e intentó leer a través de una cortina de lágrimas.

Tenía razón. Seguro que tenía razón. Nunca en toda su vida se había sentido más segura. Cinco minutos más tarde volvía a bajar corriendo las escaleras.

–¡Mira! –exclamó cuando entró de nuevo en la habitación del jeque–. ¡Mira! –tenía la voz rasgada por la agonía de las lágrimas y al mismo tiempo por la sensación de triunfo.– ¡Y ahora díselo! –le dijo a Hassan mostrándole la tira de plástico–. ¡Por favor!

–Leona… –le susurró él con tranquilidad.

Entonces lo oyó. El silencio. El espantoso silencio vacío. Miró el monitor. La pantalla estaba negra.

–No… –negó lentamente con la cabeza–. No… –y se desmayó en el suelo.

Hassan no podía creer lo que estaba pasando. Miró a su padre, a su esposa, al resto de caras que había en la habitación, y por un momento creyó que él también iba a desmayarse.

–Cuidad de la esposa de mi hijo –dijo una voz débil, que pilló a todos por sorpresa–. Creo que se merece algo de atención.

Antes de que Hassan pudiera moverse, un grupo de médicos rodeó a Leona, mientras él se quedaba de pie, mirando el plástico que ella le había puesto en la mano.

Estaba embarazada.

–Valor –murmuró. Siempre había creído que Leona tenía valor–. ¿Y dónde estaba yo cuando ella necesitaba el mío?

–Ven –dijo otra voz–. Siéntate –era Rafiq, ofreciéndole una silla. La habitación empezaba a parecer una zona de guerra.

Hassan rechazó la silla. Quería guardar algo de dignidad. Se acercó a Leona y se agachó para tomarla en brazos.

–Pero, señor –dijo un médico–, tenemos que…

–Dejad que lo haga él –ordenó el anciano jeque–. Él es todo lo que ella necesita, y él lo sabe.

Hassan la llevó hasta el diván de su padre, la acostó y se sentó a su lado. Parecía tan pálida y delicada que él no pudo pensar con claridad. Entonces hizo lo que ella había hecho con su padre, y le tomó la mano.

–No te atrevas a dejarnos ahora, pequeña tirana, aunque creas que nos lo merecemos.

–¿Nos? –murmuró ella.

–Está bien, yo –concedió él–. Por cierto, mi padre está vivo y está bien. Creo que es mejor decírtelo antes de que te desmayes de nuevo.

–¿Está bien? –abrió de golpe los ojos.

–No se sabe si por las drogas o por tus gritos, pero, un segundo después de que te fueras, abrió los ojos y me preguntó de qué estabas hablando.

–Está bien… –un estremecimiento de alivio la recorrió, y volvió a cerrar los ojos. Hassan la arropó con una manta–. ¿Dónde estoy? –preguntó al cabo de un momento.

–En el diván de mi padre –le informó él–. Conmigo a tus pies, en todos los sentidos –ella abrió los ojos de nuevo y lo miró–. ¿Por qué lo hiciste?

Ella frunció el ceño, pero enseguida suspiro e intentó sentarse. No pudo hacerlo, pues aún estaba mareada.

–No quería que se fuera. Pero si tenía que irse, quería que lo hiciera sabiendo que tras él dejaba todo lo que siempre quiso dejar.

–Entonces le mentiste –Leona puso una mueca ante aquella verdad–. Si hubiera sobrevivido y tú hubieras estado equivocada, ¿habría sido justo apartar a un hombre de su destino?

–Estoy embarazada –dijo ella–. No me des sermones ahora.

Él se echó a reír. ¿Qué otra cosa podía hacer?

–Siento haberte gritado –le dijo muy serio.

–Estabas traumatizado, y no necesitabas los gritos de una histérica.

–Pero tenías razón. Él podía oírte.

–Lo sé.

–Toma –le dio la tira de plástico. Ella se quedó mirándola sin decir nada.

–Ahora no parece tan importante –murmuró al fin.

–¿La prueba o el bebé?

–Las dos cosas, supongo.

Hassan suspiró, la tomó en sus brazos y se levantó.

–¿Qué vas a hacerme ahora? –le preguntó ella.

–Voy a llevarte a la cama, preferiblemente desnuda, para que pueda tenerte a ti y a nuestro hijo tan cerca de mí que nunca podáis separaros.

—Pero tu padre…

—Ya tiene a Rafiq —la interrumpió—. Y tú me tienes a mí.

Al salir al pasillo vio todas las caras ansiosas, esperando las noticias.

—Mi padre se ha recuperado —anunció—. Y mi esposa está embarazada.

Todos se pusieron de rodillas y le dieron las gracias a Alá por haber matado dos pájaros de un tiro. En breve los teléfonos empezarían a sonar, y por la noche no habría ni una sola persona en Rahman que no lo supiera.

—Podrías haberme dejado que se lo contara a mi propio padre —protestó Leona.

—Ya lo sabe, o al menos lo sospecha. Se lo dije cuando lo llamé para pedirle que viniera a la fiesta —respondió él mientras caminaba, con ella en brazos, entre dos filas de cuerpos postrados—. Rashid me avisó a instancias de Evie. Y si te cuento esto es porque quiero liberarme del sentimiento de culpa antes de llegar a la cama.

—¿Quieres decir que Evie sabía que tú lo sospechabas cuando la llamé ayer, y que no me dijo nada?

—Estos al-Kadah son bastante astutos. ¿De dónde crees que he sacado mi cautela?

—¿Y tu arrogancia?

—De la familia al-Qadim —respondió él—. Y debo advertirte que nuestro hijo también será arrogante. Más que yo, puesto que también heredará tus genes.

—Tal vez por eso te quiero.

—Y tal vez por eso te quiero yo a ti.

Ella le sonrió y se aupó lo suficiente para besarlo en los labios. Y siguieron caminando hacia el dormitorio sin dejar de besarse, a la vista de cincuenta criados.

¿Por qué no permitirles mirar?, pensó el jeque Hassan. Leona era su mujer, su esposa y la madre de su futuro hijo. La besaría donde fuera y cuando fuera. *Inshallah*.

* * *

Podrás conocer la historia de Ethan Hayes en el Bianca del próximo mes titulado:
MASCARADA

Acepte 2 de nuestras mejores novelas de amor GRATIS

¡Y reciba un regalo sorpresa!

Oferta especial de tiempo limitado

Rellene el cupón y envíelo a

Harlequin Reader Service®
3010 Walden Ave.
P.O. Box 1867
Buffalo, N.Y. 14240-1867

¡Sí! Por favor, envíenme 2 novelas de amor de Harlequin (1 Bianca® y 1 Deseo®) gratis, más el regalo sorpresa. Luego remítanme 4 novelas nuevas todos los meses, las cuales recibiré mucho antes de que aparezcan en librerías, y factúrenme al bajo precio de $2,99 cada una, más $0,25 por envío c impuesto de ventas, si corresponde*. Este es el precio total, y es un ahorro de más del 10% sobre el precio de portada. ¡Una oferta excelente! Entiendo que el hecho de aceptar estos libros y el regalo no me obliga en forma alguna a la compra de libros adicionales. Y también que puedo devolver cualquier envío y cancelar en cualquier momento. Aún si decido no comprar ningún otro libro de Harlequin, los 2 libros gratis y el regalo sorpresa son míos para siempre.

416 BPA CESL

Nombre y apellido	(Por favor, letra de molde)
Dirección	Apartamento No.
Ciudad	Estado Zona postal

Esta oferta se limita a un pedido por hogar y no está disponible para los subscriptores actuales de Deseo® y Bianca®.
*Los términos y precios quedan sujetos a cambios sin aviso previo.
Impuestos de ventas aplican en N.Y.

SPB-198   ©1997 Harlequin Enterprises Limited

Bianca®...
la seducción y fascinación del romance

No te pierdas las emociones que te brindan los títulos de Harlequin® Bianca®.

¡Pídelos ya! Y recibe un descuento especial por la orden de dos o más títulos.

HB#33547	UNA PAREJA DE TRES	$3.50 ☐
HB#33549	LA NOVIA DEL SÁBADO	$3.50 ☐
HB#33550	MENSAJE DE AMOR	$3.50 ☐
HB#33553	MÁS QUE AMANTE	$3.50 ☐
HB#33555	EN EL DÍA DE LOS ENAMORADOS	$3.50 ☐

(cantidades disponibles limitadas en algunos títulos)

CANTIDAD TOTAL	$ _____
DESCUENTO: 10% PARA 2 Ó MÁS TÍTULOS	$ _____
GASTOS DE CORREOS Y MANIPULACIÓN	$ _____
(1$ por 1 libro, 50 centavos por cada libro adicional)	
IMPUESTOS*	$ _____
TOTAL A PAGAR	$ _____
(Cheque o money order—rogamos no enviar dinero en efectivo)	

Para hacer el pedido, rellene y envíe este impreso con su nombre, dirección y zip code junto con un cheque o money order por el importe total arriba mencionado, a nombre de Harlequin Bianca, 3010 Walden Avenue, P.O. Box 9077, Buffalo, NY 14269-9047.

Nombre: _____

Dirección: _____ Ciudad: _____

Estado: _____ Zip Code: _____

Nº de cuenta (si fuera necesario):_____

*Los residentes en Nueva York deben añadir los impuestos locales.

Harlequin Bianca®

CBBIA3

B<small>IANCA</small>.®

Ella no había planeado convertirse en su amante...

Quizás Brad Lancing fuera un magnífico empresario, pero en lo relacionado con las mujeres tenía muy mala reputación, y Joanne Winslow quería asegurarse de que su hermana no se convirtiera en una conquista más del señor Lancing... Aunque eso significara que ella misma tuviera que convertirse en su amante.

Afortunadamente, Brad estaba encantado con que Joanne fingiera ser su amante... al menos por el momento. Pronto se dio cuenta de que él parecía estar tomándoselo muy en serio y ya era hora de hacerse con el control de la situación. Fue entonces cuando comenzó la ceremonia de seducción que ella tanto había imaginado...

AMANTES EN NORUEGA

Lee Wilkinson

Deseo

CONQUISTAR TU CORAZÓN

Amy J. Fetzer

Una noche de ensueño se desató toda la pasión que el marinero Jack Singer sentía por Melanie Patterson, pero justo entonces él tuvo que marcharse en una misión de alto secreto. Cuando regresó quince meses después descubrió que ella había tenido un hijo suyo. Un hombre de principios como Jack sabía que el matrimonio era la única solución, jamás podría permitir que un hijo suyo creciera sin padre.

La obligación y el deseo no eran suficientes para construir un matrimonio y Melanie no estaba dispuesta a convertirse en una condena para nadie. Pero, ¿cómo le podía negar un padre a su pequeña? Además, no sabía por cuánto tiempo iba a poder resistirse a la atracción que sentía por el hombre que amenazaba con derribar todas sus defensas.

Tenían que casarse forzosamente